amélie Nothomb

추남, 미녀

아멜리 노통브 지음 이상해 옮김

RIQUET À LA HOUPPE
by AMÉLIE NOTHOMB

이 책은 실로 꿰매어 제본하는 정통적인 사철 방식으로 만들어졌습니다.
사철 방식으로 제본된 책은 오랫동안 보관해도 손상되지 않습니다.

나이 마흔여덟에 첫 임신을 한 에니드는 마치 러시안 룰렛을 하듯 출산을 기다렸다. 그럼에도 너무나 오랫동안 기다렸던 임신이라 그녀는 무척이나 기뻐했다. 그녀가 임신 사실을 안 것은 6개월이 지났을 때였다.

「하지만 부인, 생리를 안 하셨을 것 아닙니까!」 의사가 말했다.

「제 나이가 나이인지라 그게 정상인 줄 알았어요.」

「속이 울렁거리거나 피곤한 건요?」

「제가 원래 건강이 그리 좋질 않거든요.」

의사는 거의 표가 나지 않는 그녀의 배를 보고는 그럴 수도 있겠다고 인정할 수밖에 없었다. 에니드는 너무나 작고 야위어서 결코 성숙한 여성으로 보이지 않는, 소녀에서 갑자기 자그마한 할머니의 상태로 넘어가는 여자들의 세대에 속했다.

그날 아침, 병원에 도착한 에니드는 안절부절 어찌할 바를 몰랐다. 그녀는 재앙이 다가오고 있는데 자신으로서는 할 수 있는 게 아무것도 없다고 느꼈다. 그녀의 남편이 그녀의 손을 꼭 잡아 주었다.

「난 못 해낼 거예요.」 그녀가 말했다.

「모든 게 잘될 거요.」 그가 그녀를 토닥였다.

하지만 그 역시 잘될 거라고는 전혀 생각하지 않았다. 에니드가 임신 기간 동안 살이 단 1그램도 찌지 않았기 때문이었다. 의사는 아기가 그녀의 배 속에서 건강하게 자라고 있다고 말했지만, 그 말을 믿으려면 많은 상상력이 필요했다.

의사가 제왕절개를 할 거라고 했다. 그게 가능한 단하나의 방법이라면서. 부부는 한결 마음이 놓였다.

그들은 배 속의 아이가 아들이라는 건 이미 알고 있었다. 에니드는 아이를 신의 선물로 여겼고, 그에게 데오다[1]라는 이름을 붙여 주길 원했다.

「테오도르[2]가 어때? 같은 뜻이잖아.」 남편이 말했다.

「세상에서 가장 훌륭한 남자들은 〈아 at〉로 끝나는 이름을 갖고 있잖아요.」 그녀가 대답했다.

오노라Honorat는 흐뭇하게 웃을 수밖에 없었다.

아기를 처음 봤을 때, 부부는 하늘이 무너지는 충격을 받았다. 주름투성이에다 퉁퉁 부은 눈, 쑥 들어간 입, 신생아는 마치 노인 같았다. 한마디로, 혐오스러웠다.

깜짝 놀란 에니드가 기어들어 가는 목소리로 의사에게 자신의 아들이 정상이냐고 물었다.

「더없이 건강합니다, 부인.」

「그런데 왜 저렇게 쭈글쭈글하죠?」

「약간의 탈수 현상 때문에 그래요. 곧 괜찮아질 겁니다.」

「너무 작고, 너무 말랐어요!」

「엄마를 닮아서 그런 겁니다, 부인.」

1 Déodat. 라틴어로 〈신이 주시다〉라는 뜻.
2 Théodore. 같은 뜻이지만 그리스어 계열.

「제 말은요, 박사님, 너무 못생겼어요.」

「부인, 아무도 대놓고 말하지 못하지만 아기들은 대부분 못생겼답니다. 제가 장담하건대, 저한테는 오히려 좋은 느낌을 주는군요.」

아기 곁에 둘만 남게 되자, 오노라와 에니드는 모든 걸 체념하고 아기를 사랑하기로 했다.

「저 아이를 차라리 도가머리 리케[3]라고 부르면 어떨까요?」 그녀가 제안했다.

「아니. 데오다도 아주 좋아.」 아빠가 된 그가 용기를 내어 웃으며 말했다.

다행히도 그들에게는 친지도 친구도 거의 없다시피 했다. 그럼에도 그들은 놀란 표정을 애써 감출 정도로 예절이 바르지는 않은 사람들의 방문을 견뎌 내야만 했다. 에니드는 아들을 처음 보는 사람들의 표정을 관찰했다. 그녀는 역겨움의 몸서리를 확인할 때마다 가슴이 찢어지는 아픔을 느꼈다. 고통스러운 침묵이 흐른 후, 사람들은 결국 아무거나 떠오르는 대로 서툰 평을 내놓

3 페로의 동화에 등장하는, 못생겼으나 총명한 왕자. 아름답지만 멍청한 공주와 사랑에 빠진다. 〈도가머리 리케〉는 이 소설의 원제이기도 하다.

았다. 〈증조부님 돌아가셨을 때 모습을 꼭 빼닮았구나〉 혹은 〈참 묘하게도 생겼구나! 그래도 남자아이라 다행이네〉 등등.

가장 나쁜 것은 못 돼먹은 엡지바 숙모의 평이었다.

「가엾은 에니드, 회복은 좀 됐니?」

「예. 수술이 잘 됐어요.」

「아니, 내 말은, 저렇게 못생긴 아들을 낳고 받은 충격에서 회복이 됐냐고.」

절망에 빠진 부부는 집으로 돌아가 두문불출했다.

「여보, 앞으로 아무도 집에 들이지 않겠다고 맹세해 줘요.」 에니드가 오노라에게 부탁했다.

「맹세할게, 내 사랑.」

「데오다가 저 모든 사람들의 악의와 험담을 전혀 접하지 않고 크면 좋겠어요. 우리 아기, 얼마나 착한지 몰라요. 젖을 빨려고 애쓰다가 잘 안 되니까 마치 나에게 괜찮다고 말하는 듯 빙긋이 웃었어요.」

〈점점 이성을 잃어 가는군.〉 아이의 아버지는 생각했다. 에니드는 예전부터 신체적으로나 심리적으로나 극도로 허약했다. 그녀는 열다섯 살 때 파리 오페라 무용 학교에서 쫓겨났다. 그 명문 무용 학교 역사상 전례가 없는, 지나치게 말랐다는 이유로. 「전례가 없다고? 그 정도로 마를 수도 있다는 걸 알 수가 없었으니 그럴 수밖에.」 시험관은 이렇게 결론지었다.

키가 1미터 50센티미터밖에 되지 않았기 때문에 그녀는 패션모델 일은 꿈도 꿀 수 없었다. 그래도 수료증은 가까스로 얻어 냈다. 선생들이 그녀에게 수료증을 준 주된 이유는 그녀의 프리마 발레리나 경력에 기대를 걸었기 때문이었다.

에니드는 자신의 실패를 가족에게 차마 알릴 수가 없었다. 그래서 매일 아침 오페라 극장 앞 광장에 와서 날이 저물 때까지 실의에 빠져 앉아 있었다. 바로 거기서 그녀는 당시 무용 학교 수습 요리사였던 오노라의 눈에 띄었다. 몸과 정신이 모두 둥글둥글했던 열일곱 살 소년은 병약한 소녀에게 푹 빠지고 말았다.

「나 같은 자살 후보자보다 더 나은 여자를 찾을 수 있을 거예요.」 그녀는 그에게 이렇게 말했다.

「나와 결혼해 줘.」

「난 그럴 깜냥이 안 돼요.」

「우리 둘이면 잘될 거야.」

어떠한 다른 운명도 그녀를 기다리고 있지 않았기 때문에 그녀는 결국 그의 청혼을 받아들였다. 결혼과 관련해서는 나폴레옹 법전이 아직 적용되고 있었다. 결혼할 수 있는 최소 연령은 여자는 15세, 남자는 18세였다. 그래서 1년을 기다려야만 했고, 두 청춘 남녀는 생토귀스탱 성당에서 결혼식을 올렸다.

그들은 더없이 행복했다. 놀랍게도 에니드 역시 오래지 않아 그 통통한 청년을 미친 듯이 사랑하게 되었다. 다정다감한 성격과 어떠한 시련 앞에서도 잃지 않는 인내심이 그녀에게 감명을 주었던 것이다. 그는 고속으로 승진했고, 곧 무용 학교 수석 요리사가 되었다. 무용 학교 학생들이 끊임없이 오노라를 찾아와 요리에 버터와 크림을 줄여 달라고 부탁했다. 그가 오래전부터 그런 식재료는 아예 구입하지 않는다고 맹세해도 그랬다.

「그런데 요리가 왜 이렇게 맛있어요?」 어린 발레리나들이 항의했다.

「내가 사랑을 듬뿍 담아 요리를 하니까 그렇지.」

「사랑이 살찌게 하나 보죠? 아저씨는 정말 통통해

요!」

「그건 내 체질이야. 우리 집사람을 보렴, 사랑이 사람을 얼마나 야위게 하는지 알 수 있을 테니.」

그 논거는 기만적이었다. 에니드는 예전부터 야윔 그 자체였으니까. 그럼에도 학생들은 안심했고, 요리사를 압도적으로 신임했다.

시간이 가는 걸 느낄 수 없을 정도로 절대적인 행복 속에서 30년이 넘는 세월이 흘렀다. 에니드는 아이를 가지지 못해 자주 슬퍼했다. 오노라는 그녀를 위로하며 이렇게 말했다. 「우리가 우리의 아이잖아.」

사실, 그들은 아이들처럼 지냈다. 그는 주방 일을 끝내자마자 서둘러 아내 곁으로 돌아왔다. 그들은 함께 카드놀이나 말 경주 놀이를 하며 놓았다. 튈르리에 장이 서면, 이곳저곳을 돌아다니며 시간을 보내기도 했다. 둘 다 사격 실력이 한심하다 싶을 정도로 형편없었지만, 그들이 가장 좋아한 곳은 사격장이었다. 대관람차를 너무 오래 타거나 솜사탕을 너무 많이 먹어 속이 울렁거리면, 그들은 손을 맞잡고 걸어서 오페라 극장으로 돌아갔다.

에니드는 건강이 좋질 않았다. 좋아도 쓸 일이 없긴 했을 테지만. 양질의 가벼운 질병을 앓으면 그녀는 마치 어린 계집아이 같은 대접을 받았다. 오노라는 쟁반에 월귤나무 열매 잼을 바른 토스트와 가벼운 차를 담아 침대로 가져왔다. 그녀가 식사를 마치면 쟁반을 치우고 곁에 누워 그녀를 꼭 안아 주었다. 그러면 그의 부드러운 몸이 그녀가 열에 들떠 흘리는 땀이나 기침으로 토해 내는 장독을 흡수해 주었다. 그들은 오페라 극장 지붕 아래에 있는 침실 창을 통해 그들에게만은 콕토 이래로 변한 것이 없는 파리를 바라보았다. 모든 사람이 앙팡 테리블이 되는 은총을 누리는 것은 아니다.

데오다의 탄생은 갑작스런 착륙이었다. 필요가 법이므로, 그들은 사람들이 부모라고 일컫는 어른이 되었다. 평균보다 훨씬 오랫동안 아이로 지낸 것이 그들에게는 핸디캡이 되었다. 다시 말해, 그들은 아침에 눈을 뜨면 그들이 누릴 즐거움을 가장 먼저 떠올리는 습관을 간직했다. 그러다 갑자기 생각난 듯 큰 소리로 〈아

13

기!〉라고 외치는 것은 언제나 오노라였다.

실망을 안겨 줬다는 것을 아는 아기는 대번에 과묵해졌다. 부모는 아기가 우는 소리를 들어 본 적이 없었다. 아기는 배가 고파도 참을성 있게 기다리다 젖병을 입에 물려 주면 신비주의자의 황홀경에 빠져 게걸스레 빨아 댔다. 에니드가 그의 얼굴을 보고 느끼는 공포를 잘 감추지 못했기 때문에 아기는 아주 빨리 웃는 법을 배웠다.

그녀는 그것을 고마워했고, 그를 깊이 사랑했다. 그녀의 사랑은 그녀가 그것을 느끼지 못할까 봐 두려워했던 만큼 더욱더 강렬했다. 그녀는 자신이 느끼는 혐오감에 대해 데오다가 잘 알고 있고, 그녀가 그것을 극복하게끔 도왔다는 사실을 깨달았다.

「우리 아들은 총명해.」 그녀는 말했다.

그녀의 말이 맞았다. 아기는 타인에 대한 감각이라고 일컬어야 할 우월한 형태의 지성을 지니고 있었다. 고전적인 지성이 언어 재능과 비교될 수 있는 이러한 덕성을 지닌 경우는 드물다. 이러한 덕성을 지닌 사람들은 각 개인이 하나의 특별한 언어이며, 마음과 감각을 총동원해 극도로 세심하게 귀를 기울이면 그것을 배우는 게 가능하다는 것을 안다. 그것이 지성에 속하는 것도 바로 그 때문이다. 다시 말해, 이해하고 아는 게 중요한 것이다. 타인과 소통하는 이러한 능력을 발전시키지 않는 지성인들은 어원적인 의미에서의 멍청이, 자기밖에 모르는 헛똑똑이가 되고 만다. 요즘 사람들이 옛 시절의 선량한 바보들을 그리워하는 것은 바로 우리 시대에 이런 헛똑똑이들이 너무 많아서다.

모든 지성은 적응 능력이기도 하다. 데오다는 자연이 준 추한 모습에 대해 그리 온정적이지 않은 주변 사람들의 환심을 어떻게든 사야만 했다. 그렇다고 오해하지는 말기를. 에니드와 오노라는 아주 좋은 사람이었으니까. 사실, 추한 모습을, 특히 자식의 추한 모습을 아무렇지도 않게 받아들일 수 있는 사람은 아무도 없다. 사랑의 순간을 보냈는데 그 결과가 볼 때마다 새로운 충격을 주는 추함이라면, 그것을 어떻게 견딜 수 있겠는가? 성공적인 결합이 그처럼 기괴한 얼굴에 이르고 만 것을 어떻게 받아들일 수 있겠는가? 우리는 그러한 부조리를 사고당한 것으로밖에 받아들이지 못한다.

데오다는 그 유명한 〈거울 단계〉[4]에 이르기도 전에 자신이 아주 못생겼다는 것을 알았다. 그는 엄마의 예민한 눈에서 그것을 읽었고, 아빠의 온화한 눈길 속에서도 그것을 읽었다. 그는 자신의 추함이 부모에게서 온 것이 아닌 만큼 그것을 더 잘 알았다. 그는 예쁜 엄마에게서도 얼굴이 통통한 아빠에게서도 그것을 물려받지 않았다. 그 견딜 수 없는 모순을 에니드는 이렇게 표현했다. 「여보, 나이 50인 당신의 얼굴이 가여운 우리 아기의 얼굴보다 더 앳되어 보여요.」 에니드는 〈가여운 우리 아기〉라는 표현을 자주 사용했다.

아기들은 모두 외롭다. 데오다는 그에게 세상 노릇을 하는 요람 속에 홀로 갇혀 지냈기 때문에 다른 아기들보다 더 외로웠다. 그는 외로움을 사랑했다. 철저히 홀로 지내다 보니 사람들의 동정과 타협할 필요 없이 자신의 머릿속을 탐험하는 도취에 한껏 빠져들 수 있

---

4 정신 분석학자 라캉에 의하면 유아는 거울 앞에서 자신의 모습을 봄으로써 자신이 통일되고 단일한 개체라는 생각(환상)을 처음 하게 된다고 한다.

었다. 거기서 발견하는 풍경들이 너무나 웅대하고 아름다워서 그는 일찌감치 감탄이라는 고귀한 감정의 비약을 깨우쳤다. 그는 거기서 마음대로 움직일 수 있었고, 관점을 바꿀 수 있었으며, 가끔 무한한 공간에서 솟아오르는 소리에 귀를 기울일 수 있었다.

그것은 너무나 강해서 굉장히 먼 곳에서 불어오는 게 분명한 바람의 소리였다. 그 격렬함은 그를 쾌감으로 몸서리치게 했고, 그 안에는 데오다가 귀 기울여 듣는 재능 덕분에 이해할 수 있었던, 〈이건 나야. 살고 있는 나야. 떠올려 봐〉라고 말하는 알 수 없는 언어의 조각들이 담겨 있었다. 그것은 욕조에서 물이 빠지는 소리와 비슷한, 그의 내부에 순수한 희열의 두려움을 불러일으키는 심원한 소리였다. 그 희열은 너무나 검어서 더는 아무 빛도 존재하지 않는 베일로 덮여 있었다. 그럴 때면 그는 마치 놀이처럼 무(無)의 광대함이 자신을 점령하도록 내버려 두었다. 그런 시련을 극복하는 것이 그를 기쁨과 자부심으로 가득 채웠다.

그러면 사물들이 아주 느리게 다시 모습을 드러냈다. 데오다는 무에서 존재의 첫 조각들이, 색깔들의 순환을 통해 조직되는 원생동물이 출현하는 것을 보았고 함께 노닐었다. 그는 자연 상태의 색 하나하나를, 푸른 색의 그윽함, 붉은색의 풍부함, 녹색의 영악함, 노란색의 강력함을 즐겼다. 그는 그것들을 만져 보며 감미로운 전율을 느꼈다.

그는 그것들이 거의 언제나 시각적 비전이라는 것을 확인했고, 탐험의 다른 방법들도 존재하지 않을까 의심했다. 그래서 그는 자유로이 사용할 수 있는 것들을 조사했고, 그런 것이 나름 아주 많다는 것을 깨달았다. 그는 약간 짭짤한 자신의 손가락과 침에 젖으면 우유처럼 부드러워지는 베개를 음미하는 법을 배웠다. 좀 더 큰 대비를 원할 때는 기저귀 속에 힘을 줘 고약한 냄새가 나는 따뜻하고 걸쭉한 물질을 만들어 냈다. 그럴 때면 그는 격한 자부심을 느꼈다. 문들이 열렸고, 그는 그가 유일한 주인인 왕국 속으로 들어갔다.

거기서는 그 고독 속에서보다 결코 더 좋았던 적이 없는 사랑이 맹위를 떨쳤다. 그 감정의 폭발은 결코 어떤 특정인을 향한 것이 아니었다. 그 대상 없는 사랑은 어떠한 다른 관심사로 인해 방해받지 않았고, 우리가 맛볼 수 있는 가장 어마어마한 관능에 그를 빠뜨렸다. 그 흐름 속에 뛰어들기만 하면, 무한한 쾌락이 있을 뿐, 시간도 공간도 없는 곳으로 실려 갔다.

하지만 늘 얼굴이 나타나는 순간이 왔다. 타인이 그를 걱정했고, 그러면 또다시 타협해야만 했다. 데오다는 웃음이 부모의 피할 수 없는 요구에 대한 훌륭한 답변이 된다는 사실을 깨달았고, 그래서 그것을 아끼지 않았다.

아기는 혼자 있을 때는 결코 웃지 않았다. 만족감을 자기 자신에게 알릴 필요는 없었으니까. 웃음은 하나의 언어, 더 정확하게 말해 타인에게 건네지는 형태의 언어에 속했다. 왜냐하면 황홀감을 증대시키는 데에만 사용되는, 정보와는 상관이 없는 내적인 언어 역시 존재했으니까.

부모가 있을 때는 말의 질이 떨어지는 것을 확인하지 않을 수 없었다. 그들의 수준에, 나아가 그들이 그에게 부여하는 수준에 맞춰야만 했으니까. 그들은 그들이 유년에 대해 가지고 있는 환상 속을 유영하고 있었다. 하지만 데오다는 엄마와 아빠를 사랑했고, 그래서 그들의 규칙을 받아들였다.

에니드는 그의 몸을 집어 들어 품에 꼭 끌어안았다. 그는 엄마의 품에서 솟아나는 사랑의 말들을 느꼈다. 그녀는 기저귀를 벗기고는 거기서 발견한 것에 대해 칭찬을 늘어놓았다. 그것은 그가 경탄할 만한 일을 해냈다는 사실을 확인시켜 주었다. 그녀가 엉덩이를 씻어 주었고, 그는 쾌감으로 다리를 떨었다. 그녀는 시원한 느낌이 드는 연고를 발라 주고는 새 기저귀를 채워 주었다. 쾌감에 넋을 잃은 아기는 입을 다물지 못했다.

「배가 고플 거야. 내가 젖병을 준비할게.」 오노라가 말했다.

데오다는 자신의 용모가 부모에게 문제가 된다는 사실을 알았다. 그래서 그는 투정 한번 부리지 않고 젖병을 주는 대로 받아먹었고, 예쁘게 생긴 아이들이나 보이는 음식 알레르기 따위는 아예 모르고 자랐다. 「착하기도 하지.」 부모는 이렇게 말했다.

젖병을 비우고 나면 부모는 그를 베이비서클에 데려다 놨다. 그는 그 공간을 아주 좋아했는데, 다른 사람은 아무도 들어올 수 없다는 아주 단순한 이유 때문이었다. 아빠와 엄마를 깊이 사랑하기는 했지만, 그는 약간 거리를 두고 그들을 사랑하는 것이 더 좋다는 사실을 간파했다. 거리를 두면 감정이 더 살아났다. 에니드의 품에 안겨 있으면 지나친 쾌감이 사랑의 일부분을 망쳐 놓았다. 그는 베이비서클에 홀로 앉아 그 여인의 품에 안겼을 때 느꼈던 흥분을 기억으로 되살려 가며 분석했고, 그러면 자신의 내부에서 감정 발산의 도취감이 다시 확산되는 것을 느꼈다. 그는 자신을 쳐다보지 않고 있는 여인을 관찰할 수 있는 만큼 그것을 더 잘 되살릴 수 있었다. 그녀는 바삐 움직이고, 청소기를 돌리고, 책을 읽었다. 그는 자신에게 관심을 쏟아 불안하게 만들지 않고 그냥 거기 있어 줄 때의 그녀를 가장 사랑했다.

데오다는 오노라 역시 사랑했는데, 그것은 몸의 나머지 부분보다는 머리에서 더 많이 오는 다른 종류의 사랑이었다. 오노라의 품에 안기면, 그는 애정과 존중의 기분 좋은 교류를 느꼈다. 그는 오노라와의 관계에서는 감정 발산이 없다는 점을 높이 평가했다. 감정 발산이 있었다면 아마 불편했을 것이다. 그는 그 남자가 엄마의 불안에서 벗어나 있다는 것을 느꼈고, 그의 견고함과 균형을 고맙게 여겼다.

어느 날, 사건이 발생했다. 아기는 세상에 다른 사람들도 존재한다는 것을 발견했다. 에니드가 문을 열었고, 아빠와 성(性)은 같지만 몸집이 더 크고 목소리가 더 굵은 존재가 나타났다. 엄마는 그 존재의 출현에 그리 놀라는 것 같지 않았다.

「장 본 것들은 주방에 갖다 놔주세요.」 그녀가 말했다.

그 사람은 아주 많은 수의 물병을 날랐다. 그러고는 곧 사라졌다.

데오다는 곰곰이 생각해 봤다. 그러한 난입이 엄마를 매료시키지 않을 수 있다면, 그것은 그 사람이 그녀가 보기에 그리 특별할 게 없기 때문일 것이다. 그는 자신의 기억 속 아주 먼 곳까지 거슬러 올라가 보려고 애썼다. 그 암흑이 아무리 파헤칠 수 없는 것이라 해도, 그는 거기서 세상에 아빠, 엄마, 그리고 그만 있는 것이 아니라는 엄청난 사실을 확인시켜 주는 몇몇 그림자들을 보았다. 프라이데이를 코앞에서 맞닥뜨린 로빈슨도 그만큼 놀라지는 않았을 것이다.

　나중에 그는 오노라와 에니드가 나누는 대화를 들었다.

　「그 아이들, 정말이지 끔찍해. 요리에 기름진 식재료는 단 1온스도 추가하지 않는다고 내가 엄숙하게 맹세해도 소용이 없어. 요리에는 거의 손을 대지 않을 정도로 경계한다니까.」

　「내가 또 한 번 갈까요, 그 아이들을 안심시켜 주러?」

　「아무래도 그래야 할 것 같아. 거식증에 걸린 계집아이들에게 찾아드는 그 의심의 시기가 이젠 지긋지긋해.」

　이렇게 해서 아기는 세상에 엄마와 성이 같은 다른 개인들이 있다는 사실을 확인할 수 있었다. 그는 이 대화에 부차적인 정보들이 담겨 있다는 것을 느꼈지만 그것들을 이해하는 일은 나중으로 미루기로 했다.

　그의 부모가 사용하는 언어는 그에게 전혀 문제가 되지 않았다. 모르는 소리의 집합이 솟아나면 머지않아 그 의미가 나타났다. 그가 마음에 두고 있는 여인이

손가락으로 자신을 가리키며, 비정상적으로 또렷하게
발음하며 그에게 말을 거는 일이 있었다.

「엄마. 엄―마. 엄마.」

그는 자신이 그녀의 이름을 아주 오래전부터 알고
있다고 생각했다. 그녀는 어떻게 그것을 의심할 수 있
을까? 그를 바보로 여기는 것일까?

그녀가 그를 얼굴 앞까지 들어 올리고는 반복해 말
했다.

「엄마. 엄―마.」

그녀의 입이 그의 눈높이에 있었기 때문에 그는 한
음절 한 음절 나눠서 발음하는 입술의 움직임을 지켜
보았다. 그것은 무시무시하고도 부조리했다. 그녀는
왜 그런 짓을 할까?

그런데 그는 그 나이 때의 모방 본능에 따라 부지불
식간에 유사한 방식으로 얼굴을 찡그렸고, 놀랍게도
자신의 입에서, 자신의 의지와 상관없이 〈맘맘마〉가 튀
어나오는 것을 들었다.

「옳지, 내 아기! 옳지, 내 아기! 브라보!」에니드가 기
쁨을 주체하지 못하며 외쳤다.

24

그녀는 그의 뺨에 뽀뽀를 마구 퍼부었다. 그녀는 세
상에서 가장 아름다운 그의 똥을 발견했을 때보다 더
흥분한 것처럼 보였다. 데오다는 그러한 가치의 체계가
엉뚱하다고 생각했다.

베이비서클로 돌아온 그는 그 시사적인 문제를 불안
스레 분석해 보았다. 그의 엄마는 그가 말해 줬으면 하
고 바랐다. 왜일까? 그는 뭐라고 말해야 하는 걸까? 그
녀는 그가 뭐라고 말하길 원하는 걸까?

요구 사항은 명백했다. 그녀는 그가 그녀의 이름을
말해 주길 원했다. 따라서 관계를 가지는 사람의 이름
을 말하는 것은 아주 중요한 의식 중 하나인 게 분명했
다. 데오다는 어른들의 생활에서 그러한 종류의 행동을
이미 관찰한 적이 있었다. 아빠에게는 〈아빠〉라고 말
해 줘야만 했다. 그래야 그가 토라지지 않았다.

어쩌면 엄마는 그의 발성 기관이 작동하는지 확인해
보고 싶었는지도 몰랐다. 그랬다, 분명히 그런 이유도
있었다. 그가 봤던 사람들은 입으로 온갖 소리를 냈지
만, 그는 한 번도 그렇게 해본 적이 없었다. 그는 에니
드가 그의 침묵을 놀라워하며 그는 절대 울지 않는다

고 덧붙이는 걸 들은 기억을 떠올렸다. 가끔이지만 그녀는 눈물을 흘리곤 했다. 그럴 때면 그는 그녀를 뚫어져라 쳐다보았고, 그녀는 이렇게 말했다. 「세상이 거꾸로 됐어! 아기가 엄마를 달래려 들다니! 울어야 하는 건 바로 너야!」 그는 왜 울어야만 할까?

울음은 고통과 관계가 있는 것처럼 보였다. 그가 이해하는 한, 엄마는 고통스러울 때 눈물을 흘렸다. 그는 그것이 증상인지, 아니면 언어인지 분간할 수가 없었다. 어쨌든 그는 고통을 느끼지 않았고, 자신이 눈물을 흘릴 수 없는 건 아닌지 의심하기까지 했다. 혼자 있을 때 시도해 보기도 했지만, 그의 눈에서는 물 같은 건 한 방울도 나오지 않았다.

오노라가 막 집으로 돌아왔다. 아이는 스스로 정해놓은 임무를 기억해 냈고 곧바로 〈빠빠빠〉라고 외쳤다. 아빠는 벼락이라도 맞은 것처럼 온몸이 굳더니 결국 이렇게 말했다.

「너, 말을 하는구나!」

「그래요, 나한테도 엄마라고 했어요.」 에니드가 자신

이 먼저였다는 것을 알리기 위해 끼어들었다.

그가 아들을 품에 안고는 마구 뽀뽀를 해댔다.

「브라보, 내 아들! 마침내 네 머릿속에서 무슨 일이 일어나는지 알게 되겠구나.」

아. 그러니까 바로 그것이었다. 그들은 그의 머릿속에서 무슨 일이 벌어지는지 알기 위해 그가 말하길 원했다. 말이란 그런 것에 사용되는 것일까? 아니었다. 사람들은 대개 이렇게 말했으니까. 〈이건 어디에 놓을까요, 부인?〉 혹은 〈오늘 저녁에는 파테를 먹을 거예요.〉 그들이 그에게 기대하는 것은 언어의 특별한 사용이었다. 아마도 그의 머릿속에서는 그가 혼자 있을 때 지어내는 경이로운 생각들과 특수한 사건들이 벌어지고 있었다. 그들이 그를 시도 때도 없이 그 소중한 고독 속에 홀로 내버려 두는 것은 아마도 그 때문일 것이다. 따라서 그들은 깊은 세계로 빠져들기 위해 그에게 고독이 필요하다는 것을 알고 있었다.

따라서 아이는 자신이 다르다는 것을 사람들이 알고 있다고 결론지었다. 그는 머릿속에 꼭 알아야 할 관심사를 담고 있는 선민이었다. 다른 사람들의 머릿속에는 이러한 번뜩임, 이러한 광대함이 없었다. 그런데 이상하게도 그들은 그것에 대해 알고 있었다. 어떻게? 그것을 명확하게 밝혀야 할 것이다. 어른들이 그에게 (아직은?) 없는 능력을 갖고 있을 수도 있었다.

게다가 그는 자신이 눈에 보이는 모든 사람들보다 훨씬 작다는 사실을 관찰했다. 그것이 궁금증을 불러일으켰다. 그것은 하나의 신체장애일까? 그는 아닐 거라고 생각했다. 그가 작기 때문에 부모는 그를 품에 안을 수 있었다. 부모가 그를 번쩍 들어 올려 감싸주면 그는 기분이 좋았다. 그는 작아서 여러 가지 특혜를 누렸다. 손이 닿지 않는 곳에 있는 물건이 탐날 경우, 손을 뻗으며 소리를 내면 부모가 그것을 그에게 가져다주었다. 언어의 습득이 이러한 절차를 이제 약간 어지럽혀 놓았다. 부모는 이제 그가 사물을 명명하기를 바랐다. 데오다는 무슨 그런 어리석은 편집증이 있느냐고 생각했지만 그들의 바람에 따라 〈판다〉 혹은 〈숟가락〉이라고 발음했다. 그로 인해 촉발된 흥분이 그를 기쁘게 했다.

「말을 잘한다니까요.」 에니드는 이렇게 말하곤 했다.

「곧 문장도 만들어 말할 거야.」

아기는 문장이 어떤 점에서 발전을 나타내는지 궁금했다. 문장은 모든 것을 좋을 대로 끼워 맞춰 뒤죽박죽으로 만드는 것이었다. 그렇지만 그에게는 그들의 바람에 거슬리지 않는 게 중요했다. 따라서 그는 문장 하나를 말하기로 했다. 그가 문장을 만들 수 없을 거라고 생각하는 그들에게 화가 났던 만큼 더더욱.

「엄마, 그 옷 엄마한테 잘 어울려요.」

그는 곧 자신이 너무 나갔다는 것을 알았다. 잔을 바닥에 떨어뜨린 엄마가 잔이야 산산조각이 나든 말든 부리나케 달려가 전화기를 붙들고 미친 듯이 외쳤으니까.

「〈엄마, 그 옷 엄마한테 잘 어울려요!〉라고 했다니까요! 맹세해요! 13개월밖에 안 된 아기가! 〈엄마, 그 옷 엄마한테 잘 어울려요〉라니, 세상에나. 데오다는 수재예요! 영재예요! 천재예요!」

평소 그런 경우에 곧바로 진공청소기를 가지러 갔던 그녀는 한 시간이 지난 후에야 깨진 잔 조각을 치울 생각을 했다. 그런 다음, 그녀는 그를 품에 안고 물었다.

「아가야, 아가야, 넌 누구니?」

「데오다.」 그가 대답했다.

「네 이름을 아는구나!」

물론이지. 그는 바보가 아니니까.

그러자 에니드는 전에는 한 번도 하지 않은 행동을 했다. 그녀는 아기를 반짝이는 넓은 표면 앞으로 데려갔는데, 거기서는 기괴하게 생긴 장난감을 안고 있는 그녀를 볼 수 있었다. 어쩔 줄 몰라 하는 아기를 본 그녀는 그의 손을 잡고 흔들었다. 데오다는 그 동시성을 통해 장난감의 정체를 이해했다. 그는 가슴이 답답했다. 그는 바로 그것이었다. 사람들이 굳이 설명해 주지 않아도 그는 자신이 못생겼다는 것을 알고 있었다. 그의 얼굴에서는 무엇이 문제인지 파악하자마자 더 악화되는 끔찍한 미스터리가 풍겼다. 그의 이목구비가 일그러져 덜덜 떨렸다. 그가 상황을 분석할 수 있는 상태가 되기도 전에 입에서는 울음이 터져 나왔으며, 눈에서는 물이 흘러나왔고, 눈앞이 흐려지면서 경련이 그를 사로잡았다.

「너도 우는구나!」 엄마가 외쳤다.

그녀는 그 현상에서 슬픔을 보려고 하지 않았다. 그녀는 그의 추함이 방금 그에게 드러났다는 사실을 믿

을 수 없었다. 「거울 단계에서 느끼는 동요야.」 그녀는
생각했다.

「좋은 일이야, 내 아가. 울어.」

얼마 전부터 사람들은 추함이 문화에 속한다고 가르
친다. 문화가 사람, 짐승 혹은 사물을 아름답거나 추하
다고 여기게 우리를 세뇌시킨다는 것이다. 이는 본질과
디테일을 혼동하는 짓이다. 실제로 시대와 장소에 따른
아름다움의 변이를 정의하는 것이 문화라 하더라도,
아름다움이라는 개념은 그것에 선행한다. 우리는 이
강박 관념을 가지고 태어난다. 그래서 어린애들도 자
연스럽게 아름다운 사람들에게 이끌리고 추한 사람들
을 멀리하는 것이다.

데오다는 늘 대하는 엄마의 예쁜 얼굴과 아빠의 온
화한 얼굴밖에 알지 못했다. 그는 처음으로 얼굴이 끔
찍할 수도 있다는 사실을 발견했고, 동시에 그것이 자
신의 얼굴이라는 것을 깨달았다. 자신을 선민이라고 믿
었던 그는 자신에게서 그 선택의 이면이 드러나는 것을
보았다. 자신의 추함이 자기가 뽑힌 비밀스러운 이유

가 아니었다면 말이다. 그 얼굴이 그의 것이 아니라 할지라도 그는 고통으로 울부짖었을 것이다. 하지만 그것이 하필이면 그라는 사실이 그의 가슴에 마르지 않는 고통의 샘을 파놓았다.

에니드는 슬피 흐느끼는 아기를 베이비서클에 내려놓았다. 그런데 거기서 기적이 일어났다. 데오다는 어느 누구도 원망해서는 안 된다는 것을 직감했다. 그처럼 잔인한 외상을 겪는 존재는 누구나 어렴풋한 선택에 직면하게 된다. 그에게 그처럼 부당한 자리를 마련해놓은 세상을 미워하기로 결심하거나, 인류를 위해 연민의 대상이 되기로 마음먹거나. 부당함을 있는 그대로 받아들이고 그에 대해 전혀 부정적인 감정을 가지지 않는 제3의 길을 향한 좁은 문을 선택하는 사람은 극히 드물다. 자신의 조건에서 오는 고통을 부인하지 않지만, 그에 대해 어떠한 결론도 내리지 않는 사람은.

그는 충격을 견디기 위해 아주 오랫동안 울었다. 그러는 동안 최악의 순간이 지나갔다. 머릿속에서 아주 큰 목소리가 그에게 말했다. 「그래, 난 혐오스러워. 그래도 나는 나야. 자신의 머릿속에서 매혹적인 풍경들을 보는 자, 존재를 기뻐하는 자, 지성과 관능을 아는 자, 이러한 사실을 확인하며 끝없이 즐거워할 수 있는 자.」

가끔은 부모와 자식 사이의 오해를 축복해야만 한다. 아기가 왜 우는지 에니드가 이해했다면 그를 위로하려고 시도했을 것이고, 그에게 전혀 도움이 되지 않을 뿐 아니라 그의 가슴에 대못을 박았을 친절한 말들을 늘어놓았을 것이다. 「넌 그렇게 못생기지 않았어, 넌 다른 사람들하고는 달라, 그건 심각하지 않아, 난 널 생긴 그대로 사랑해.」 다행스럽게도 그녀는 이 파멸의 말 중 어느 것도 입에 담지 않았다. 덕분에 데오다는 참담한 진실과 타협할 수 있었고, 탁월한 삶의 방식*modus vivendi*을 발명해 낼 수 있었다.

고통과 불의는 늘 존재했다. 현시대는 최고의 선의, 지옥에 포도(鋪道)처럼 널린 그 최고의 선의로, 치료하기는커녕 고통의 부위를 확장시키고 불행한 자의 피부를 끊임없이 자극하는 참혹한 말의 연고를 분비했다. 안 그래도 아파 죽겠는데 모기떼가 마구 물어뜯는 것이다.

바로 그날, 오노라는 아내에게 백합 꽃다발을 선물했다. 에니드는 너무나 감격해 거울과 눈물 사건을 남편에게 얘기해 줄 생각을 하지 못했다. 덕분에 오노라는 서툰 말들을 발설하는 일을 피할 수 있었다. 날이 더워서 비할 수 없을 정도로 풍성해진 백합의 향기가 아기의 코에도 전해졌다. 아기는 그 향기에 열광했고, 엄마에 대해 느끼는 사랑과는 다른 사랑, 가장 극단적인 아름다움을 보고 깨어날 사랑, 꽃의 향기처럼 그를 매혹시켜 취하게 만들, 한계가 없는 또 다른 사랑을 직감했다.

데오다의 입에서 나온 첫 문장을 축하하는 단계에 머물러 있던 아빠가 아내에게 말했다. 「녀석의 말이 맞아. 그 옷, 당신한테 잘 어울려.」

에니드는 그때서야 아들이 한 말을 떠올렸다. 어떻게 그걸 까맣게 잊고 있었을까? 무슨 일이 있었던 거지? 눈물과 거울의 기억이 뇌리를 스치고 지나갔지만 그녀는 그것이 첫 문장의 세례를 가릴 정도의 일은 아니라고 생각했다.

오노라가 데오다를 들어 올리고는 그를 〈어린 천재〉라고 부르며 환호했다.

「왜요?」아기가 물었다.

부모는 놀라 입을 다물지 못했다. 「왜냐고 물었어! 왜냐고 물었어!」

아이는 아빠도 엄마만큼이나 조심스럽게 대해야 한다는 것을 깨달았다. 인간이라는 종자는 별것 아닌 일로도 정신을 못 차렸다.

센강 건너편, 최근 오스테를리츠 역에서 멀지 않은 곳에 정착한 젊은 부부가 딸을 낳았다. 아빠의 이름은 리에르,[5] 엄마의 이름은 로즈였다. 그들은 아기에게 트레미에르[6]라는 이름을 지어 주었다.

　「정말 이 이름으로 하실 거예요?」 간호사가 물었다.

　「예, 제 남편 이름은 기어오르는 덩굴 식물에서, 제 이름은 장미에서 온 거예요. 두 사람 이름을 합하면 기어오르는 장미, 로즈 트레미에르가 되죠.」 산모가 말했다.

　산모가 결연한 태도를 보이자 어쩔 수 없었던 간호

　5 *Lierre*. 송악.
　6 *Rose trémière*. 접시꽃.

사는 팔찌에 트레미에르라고 적어 넣었다. 손목에 팔찌를 채워 주며 신생아의 얼굴을 본 그녀는 입에서 터져 나오는 탄성을 억누를 수가 없었다.

「어머나, 예쁘기도 하지!」

트레미에르의 얼굴은 여느 신생아들의 얼굴처럼 시뻘겋지도 쭈글쭈글하지도 않았다. 그녀의 머리는 목화처럼 희고 매끄러웠으며, 전혀 찌그러지지 않은 이목구비는 도자기 인형의 그것처럼 반듯했다.

산모를 면회하러 온 사람들은 아기의 모습에 곧바로 매료되고 말았다.

「정말 예쁜 아기를 낳으셨네요!」 그들은 너무나 쉬운 성공에 경탄을 금치 못하며 아이의 부모에게 말했다.

이름을 왜 그렇게 지었느냐고 딴죽을 거는 사람도 몇몇 있었지만, 그들 역시 늘 이렇게 결론지었다.

「하긴! 아이가 너무 예뻐서 아무 이름이나 지어 줘도 어울리겠어요.」

리에르는 비디오 게임을 만드는 일을 했고, 로즈는 새로 뜨는 동네인 슈발르레에서 화랑을 운영했다. 그들은 둘 다 스물다섯 살이었고, 아기에게 바칠 시간이 없었다. 출산 한 달 후에 일을 다시 시작한 젊은 엄마는 한때 화려했던 퐁텐블로의 한 폐가에 거주하는 친정 엄마에게 아기를 맡겼다.

「그게 좋은 생각이라고 확신해?」 리에르가 그녀에게 물었다.

「나도 거기서 엄마 손에 컸어.」 로즈는 이렇게 대답했다.

「그때는 집도 장모님도 지금처럼 폭삭 망가지진 않았을 거 아냐.」

「난 내 딸도 나처럼 동화 같은 어린 시절을 보냈으면 좋겠어.」

로즈 엄마의 이름은 덩굴장미의 또 다른 명칭인 파스로즈[7]였다. 그녀는 손녀를 보고 첫눈에 푹 빠지고 말았다.

「로즈보다 더 예쁜 아이가 있을 수 있으리고는 생각하지 못했구나.」 그녀는 아이에게 이렇게 말했다.

파스로즈의 나이를 아는 사람은 아무도 없었다. 이러한 무지로 인해 그녀가 완전히 다른 시대, 신분증이

---

7 *Passerose*. 이것도 접시꽃.

존재하지 않았던 시대, 열여섯 살 처녀들이 요정이 될 것이냐, 마녀가 될 것이냐를 두고 망설였던 시대에서 왔을 거라는 생각이 더욱 힘을 얻었다. 결국 선택하지 않았는지 파스로즈는 요정 같기도 하고 마녀 같기도 했다.

로즈는 아비지를 만나 본 적도 없었고, 그의 이름을 알지도 못했다. 그녀가 엄마에게 그 주제에 대해 물어도 이러한 대답밖에 얻을 수 없었다.

「난 그이를 사랑했단다. 전쟁에 나갔다 다신 돌아오지 않았지.」

「어떤 전쟁이요? 내가 태어난 시기에 프랑스는 전쟁을 하지 않았어요.」

「프랑스는 늘 어디선가 전쟁을 하고 있단다.」

「아버지 얘길 해주세요.」

「그럴 수 없어. 그건 너무나 위대한 사랑이었어.」

가끔, 로즈는 파스로즈가 아버지 이야기를 지어냈다고 의심했다. 하지만 그들이 그 아버지에게서 물려받은, 그들의 소유라는 것을 어느 누구도 반박하지 않은 성에서 살았다는 사실에는 변함이 없었다.

외동딸이었던 로즈는 궤짝들을 뒤지며, 자신을 왕족의 딸이라고 상상하며 잡동사니로 가득한 다락방에서 수없이 많은 오후를 보냈다. 궤짝에는 어머니 앞으로 온 사랑의 편지들이 들어 있었는데, 하나같이 고상하고 서체도 다 다른 그 편지에는 해독할 수 없는 서명이 되어 있었다. 로즈는 그 편지들이 여러 남자에게서 온 것인지, 아니면 파스로즈에게 온갖 형태의 사랑을 느낀 한 남자에게서 온 것인지 자문해 보곤 했다. 그녀는 어떠한 초상도 발견할 수 없었다. 흔적은 오로지 글로 된 것뿐이었다.

정체를 알 수 없는 아버지는 돈을 거의 남기지 않았다. 파스로즈는 굶어 죽지 않기 위해 어느 날 갑자기 사람들의 손금을 봐주기 시작했다. 손님들이 손금을 보러 그 이상한 거처로 찾아오면, 그 와중에도 집 곳곳이 무너져 내렸다. 그러면 점쟁이는 절대 기회를 놓치는 법이 없이 그것도 하나의 신호라고 말했다. 사람들은 그녀의 말을 믿었다. 으스스한 분위기가 절대적인 역할을 했다. 손님들이 허물어져 가는 규방에 들어서면 아름다운 동시에 추하고, 젊은 동시에 늙었으며, 온화한 동시에 무시무시한 얼굴을 가진 부인이 그들을 맞으며 앉으라고 권하고는 인쇄술 발명 당시에 인쇄된 아주 오래된 책의 페이지를 넘기듯 조심스럽게 그들의 손을 펼쳤다. 그녀는 심란한 표정으로 손님의 손바닥을 아주 오랫동안 들여다보았다. 그러다 손님이 불안에 떨고 잔해가 무너져 내리는 순간에 맞춰 극히 긍정적인 사건들을 예언했다. 그녀는 늘 이 말로 점을 마쳤다.

「당신은 이제 보호받을 겁니다.」

손님은 예언자가 생각을 바꿀까 봐 두려운 나머지 서둘러 돈을 내고 달아났다.

로즈는 가끔 그녀에게 사람들을 놀려 먹는 게 재미있느냐고 물었다.

「내가 사람들을 놀려 먹는다고 누가 그러디?」

「커튼 뒤에 숨어 엄마를 이미 관찰해 봤어요. 엄마가 아무 얘기나 지어낸다는 게 훤히 보여요.」

「더 정확하게 말하면, 난 입을 열고 거기서 나오는 말에 귀를 기울여. 나의 어느 부분이 말을 하는지 나도 몰라.」

「엄마, 엄마의 예언이 맞아떨어지기도 해요?」

「그야 모르지. 하지만 항의는 한 번도 받아 본 적이 없어. 게다가 행복과 대성공만을 예언하기 때문에 난 사람들을 기쁘게 해주는 거야.」

「그건 그리 정직하지 않아요.」

「난 동의하지 않아. 내 손님들은 백이면 백 행복해 하면서 떠나.」

「내 손금도 좀 봐줄래요?」

「내 딸의 손금을? 네 얼굴만 봐도 대단한 운명이 널 기다리고 있다고 말해 줄 수 있어.」

파스로즈는 불법으로 일했다. 세금을 내야 했다면 그녀는 성(城)을 간직할 수 없었을 것이다. 로즈는 학교에서 〈부모의 직업〉란에 〈아버지 사망, 어머니 과부〉라고 적어 넣었다. 그녀는 적어 넣은 직업의 성격보다 사망과 과부라는 표현 속의 중복이 더 창피했다. 고아나 다름없는 그녀의 처지를 불쌍히 여긴 선생들은 단한 번도 다시 캐묻지 않았다.

파스로즈가 원형적인 과부의 특징들을 갖고 있었다는 것을 인정해야만 한다. 그녀는 늘 검은 옷만 입었고, 얼굴은 고결한 슬픔에 젖어 있었으며, 독신생활을 엄격하게 지켰고, 멍하니 생각에 빠져드는 성향이 있었다.
그녀가 한 구혼자를 문전박대한 날, 로즈는 그녀가 이
렇게 말하는 것을 들었다.

「당신이 누구의 뒤를 잇고자 하는지 안다면 놀라 자
빠질 거예요!」

로즈는 이 대꾸가 앙주 후작 부인 앙젤리크[8]의 입에
서나 나올 만한 것이라고 생각했다.

「엄마, 내가 그를 닮았나요?」 그녀가 끼어들었다.

「누굴?」

「그 남자가 뒤를 잇고자 했던 사람이요.」

「너, 계속 나를 염탐하는구나!」

실제로 그녀는 염탐했다. 그녀는 자신을 둘러싸고 있
는 과장된 미스터리 때문에 그러는 거라고 스스로 해명
했다. 그녀는 아주 빨리 거기서 즐거움을 찾는 법을 배
웠다. 수수께끼는 그녀를 열광시켰다. 다락방을 뒤지
고, 거기서 기상천외하고 비밀스러운 수많은 것들을 끄
집어내고, 그러고도 결코 답을 얻지 못한 것이 그녀의
눈썰미와 정신을 단련시켰다.

8 로맨스 소설 시리즈의 여주인공으로 1950년대에 인기를 끌었다.

성인이 된 그녀는 현대 미술에 대한 자신의 열정도 달리 설명하지 않았다. 뭔가 빠져 있는 그 작품들에 의해 생겨난 욕구 불만은 그녀에게 어린 시절의 매혹과 불만족을 일깨웠다.

어린 딸을 엄마한테 맡기는 것은 로즈에게는 조사를 계속할 임무를 딸에게 물려주는 것이나 마찬가지였다. 「그게 네 지성을 깨워 줄 거야, 내 아가.」

하지만 그런 일은 일어나지 않았다.

어린 여자아이는 그 동화의 세계에 도착하자마자 장장 20년 동안 그녀의 것이 될 태도, 즉 황홀한 도취를 채택했다. 이 모든 것이 감추고 있는 게 대체 뭘까 하고 궁금해한 로즈와는 달리, 그녀는 아무것도 궁금해하지 않았다. 파스로즈의 놀라운 세계는 트레미에르의 망연자실하는 능력을 고도로 발달시키는 것 외에는 아무런 결과도 가져오지 않았다.

외할머니는 손녀를 부분적으로 무너져서 더 화려해 보이는 드넓은 살롱 한가운데 놓인 베이비서클에 앉혀 놓고 볼일을 봤다. 살롱을 지나갈 때마다 그녀는 아기가 꼼짝도 하지 않은 것을, 표정조차 바꾸지 않은 것을 확인했다.

「착하기도 하지!」 외할머니가 이렇게 말하며 품에 안아 주면 트레미에르는 찬탄의 눈길로 그녀를 빤히 쳐다보았는데, 누구나 불편해했을 그 눈길을 파스로즈는 무척이나 좋아했다. 「난 늘 누가 날 그렇기 바라봐 주길 꿈꿨단다.」

할머니와 손녀는 서로를 미친 듯이 사랑했다. 노부인은 딸보다 트레미에르를 한없이 더 사랑하는 자신을 살짝 원망했다. 하지만 그녀도 어쩔 수가 없었다. 「로즈를 아예 사랑하지 않았던 건 아니니까.」 그녀는 이렇게 자신을 다독였다. 아이 또한 마찬가지였다. 아이는 물론 가끔 얼굴을 보는 엄마도 사랑했지만 파스로즈에게는 대번에 절대적인 열정을 바쳤다.

모든 것이 느렸던 아이는 말도 늦게 했다. 그녀는 두 살이 다 되어서야 마침내 첫 낱말을 내뱉었다.

「사랑해요.」 아이가 할머니에게 말했다.

충격이 지나가자, 노부인은 물어보지 않을 수 없었다. 「누구를 사랑하는데?」

「할머니를 사랑해요.」

이 사랑 고백을 들은 노부인은 아이를 들어 올려 품에 안고는 더는 놓아줄 수가 없었다. 그 사랑은 그녀가 경험해 본 어떠한 사랑과도 닮은 구석이 없었다. 강도뿐만 아니라 성격에서도 월등했다. 그녀는 자신의 가슴에서 아이의 가슴으로 흘렀다가 더 감미로워져서 돌아오는 샘을 느꼈다.

「이렇게 사랑할 수도 있다는 걸 나에게 가르쳐 준 게 바로 너야.」 그녀는 말했다.

로즈가 그들을 방문하면, 파스로즈는 모든 것이 정상적으로 보이게 하려고 애썼다. 그녀는 트레미에르에게 엄마가 함께 있을 때 들으면 좋아할 말을 외우게 했다. 파스로즈의 몸짓에 따라 아이는 이렇게 말했다.

「사랑해요, 엄마.」

「너, 입이 열렸구나?」

「그래. 아기가 너한테 뭐라는지 들었니?」

「듣기 좋네요.」 확신 없이 시켜서 한 말이라는 것을 느낀 로즈가 말했다. 「다른 말도 할 줄 아니?」

「이제 시작이야. 좀 기다려 보자꾸나.」

로즈가 잠시 파스로즈를 불러냈다.

「저 아이 나이 때 난 이미 오래전에 말을 했어요, 아닌가요? 게다가 난 걷기까지 했죠?」

「비교해선 안 돼. 아이마다 성장 리듬이 다 다르니까.」

「좋아요. 내 딸의 특별한 재능은 어떤 거죠?」

「관조.」

「설마 다른 걸 감추려고 그런 말 하는 건 아니겠죠?」

「그럼. 내가 관찰해 봤단다. 저 아이는 범상치 않은 강도로 빤히 바라본단다.」

로즈는 절대 오래 머무는 법이 없었다. 그녀는 자신이 방해만 된다고 느꼈다. 그녀는 성을 나서며 안도의 한숨을 내쉬었다. 「엄마는 축복받기를! 난 좋은 엄마가 될 팔자는 아닌 것 같아. 아무리 애를 써도 저 아이한테 푹 빠질 수가 없어. 내 눈에는 아이가 멍청해 보여.」

「정말 네가 걸을 수 있을지도 모르겠구나. 한번 시도해 볼까?」 노부인이 말했다.

그녀는 아이를 바닥에 내려놓았다. 손을 놓지 않은 채 일으켜 세워서는 걸음을 떼보라고 부추겼다. 결과는 시원찮았다. 아이는 걷기 연습에는 관심이 없는 것 같았다.

파스로즈는 트레미에르에게서 5미터 떨어진 곳에 자리를 잡고 양팔을 벌렸다.

「이리 오렴, 내 아가.」

아이는 네발로 기어서 왔다. 그것은 정답이 아니었다.

그러자 할머니는 아이의 손을 잡고 나란히 걸을 생각을 해냈다. 「둘이 함께 산책을 나가자꾸나.」 트레미에르는 자신을 할머니와 이어 주는 그 활동에 특별한 요령이 필요하다는 것을 이해했다. 아이는 사랑하는 할머니를 향해 위로 팔을 뻗은 채 자신의 손을 꼭 쥐는 그 손의 압력을 음미하며 어려운 기색이 전혀 없이 걸었다.

산책은 그들을 방치된 숲으로 이뤄진 정원으로 이끌었다. 나무가 너무 많아서 사이사이 풀이 자랄 수 없을 정도였다. 이끼와 낙엽이 바닥을 뒤덮고 있었다. 봄에는 야생 아네모네가 그곳을 뒤덮었다.

「사람들은 정원을 제대로 돌보지 않는다고 날 탓한단다.」 노부인이 아주 어린 동반자에게 말했다. 「그런데 난 나무꾼이 아니잖니. 게다가 난 이 나무들 중 어느 것도 베고 싶지 않단다. 정말 아름답지 않니? 〈나무들이 햇빛을 가린다〉고 그들은 말하지. 난 나무보다 햇빛을 선호하는 게 꽃보다 물을 선호하는 것만큼이나 부조리한 것 같아.」

사실 사람들은 이미 오래전부터 그녀에게 이런 종류의 지적을 하지 않았다. 그녀에게 자신의 미래를 물어보러 찾아오는 손님들 — 그들을 손님이라고 불러야 할까? — 은 그곳에서는 아무것도, 특히 집주인이, 정상이 아니라는 것을 인정하고 시작했다. 성의 영지에 들어서자마자, 두려움이 그들을 사로잡았다. 파스로즈의 상냥함조차 그들을 안심시키지 못했다. 게다가 비현실적으로 예쁜 아기의 존재가 그들의 불안을 더욱 증폭시켰다. 설상가상, 점쟁이는 자신도 그맘때는 그 정도로 예뻤다고 단언했다. 그러면 사람들은 노부인의 망가진 얼굴을 살펴보고, 그것을 그 지경으로 만들어 놓은 외상의 정도를 가늠해 보지 않을 수 없었다. 그녀

는 추하지는 않았다. 그것과는 거리가 멀었다. 하지만
그녀에 대해서는 우리가 많은 할머니들에 대해 말하듯
단순히 한때는 아주 아름다웠을 거라고 말할 수 없었
다. 사람들은 그녀도 한때는 아주 아름다웠을 거라고,
그런데 세월의 흐름이라는 우리에게 공통된 난파로는
설명할 수 없는 재앙이 발생한 게 틀림없다고 생각했
다. 사람들은 그 얼굴이 그 본질을 완전히 바꿔 놓은 형
언할 수 없는 어떤 광경에 노출된 적이 있을 거라는 인
상을 받았다.

어떤 이들은 그 폐허 같은 곳에서 마녀와 단둘이 사
는 아주 어린 계집아이를 불쌍히 여겼다. 그렇지만 그
들도 아이가 행복하고 건강해 보인다는 사실은 인정해
야만 했다. 그들은 이렇게 생각했다. 「어린 시절은 정말
이지 기적 같아. 미친 늙은이하고 일상을 보내면서도
그것을 달게 받아들이다니.」

트레미에르는 달게 받아들이는 정도가 아니었다. 아
이는 할머니의 비범함을 알고 있었다. 엄마와 비교해
봐도 불을 보듯 분명했다. 아이는 본능적으로 그 사실
을 감춰야 한다는 것을 알고 있었다. 어떤 방식으로든

파스로즈가 유별나다는 것을 내비친다면, 부모는 그녀를 할머니와 떼어 놓을 위험이 있었다. 어쩌다 드물게 영지를 떠날 때면, 아이는 평범한 세상의 하찮음에 기겁하고 말았다.

「할머니, 난 평생 할머니랑 살고 싶어요.」 아이는 두 살 때 이렇게 말했다.

그것은 사랑의 말이기도 했고 선택이기도 했다.

아이의 추함은 노인의 추함보다 훨씬 더 우리를 당황시킨다. 살아 보지 않은 사람들조차 삶이라는 모험이 깜짝 놀랄 끔찍한 일들을 예비하고 있고, 그런 일들을 겪으면서 우리의 모습이 변한다고 짐작한다. 그렇다면 심한 충격을 받지 않았는데도 흉측하게 생긴 사람에 대해 무슨 말을 할 수 있을까? 우리는 그가 흉하게 변했다고 정의할 수 없다. 원래 그런 모습으로 태어났으니까. 〈엘리펀트 맨〉의 경우, 우리는 그의 기형을 임신 중에 닥친 비극을 통해 설명할 수 있다. 에니드는 임신했을 때 특별한 충격을 받지 않았다. 데오다의 못생긴 얼굴은 이해의 모든 시도를 꺾어 놓았다.

학교 입학을 최대한 늦춰도 소용이 없었다. 어쨌거나 여섯 살에는 결단을 내려 초등학교 준비반에 보내야만 했다. 부모는 또래 아이들의 따돌림이 너무 두려워서 그에 대해선 아들에게 함구하는 쪽을 택했다. 그들은 아들의 지능에 내기를 걸었다. 아들이 그들보다 지능적으로 훨씬 뛰어나다는 것을 알고 있었으니까. 그들의 판단은 옳았다.

등교 첫날, 데오다는 인간에 대해 염증을 느낄 만한 일을 겪었다. 그는 또래 아이들을 한 번도 만나 본 적이 없었다. 그는 어렴풋이 그의 또 다른 자아를, 그를 이해해 줄 존재나 형제들을 만나게 될 거라고 예상했다. 하지만 그는 그 대신 못됐고 멍청하기 짝이 없는 야만인의 무리를 발견했다. 어느 누구도 그에게 말을 걸지 않았을 뿐만 아니라, 모두가 그의 면전에서 그에 대한 얘기를 했다.

「저 애, 봤니?」

「너무 못생겼다!」

「난 저 애랑 같이 안 앉을 거야!」

선생이 출석을 부르자, 아이들은 그의 이름을 알게

됐다.

「데오도랑(탈취제)!」 꼬마 하나가 소리쳤다.

반 전체가 웃음을 터뜨렸다. 그때부터 아이들은 그를 데오도랑이라고 불렀다.

선생이 이름 갖고 놀려선 안 된다고 훈계했지만 열의가 느껴지지 않았다. 그 역시 웃음을 억지로 참고 있는 것처럼 보였다.

게다가 아이들 대부분은 유치원에 다닐 때부터 서로 아는 사이였다. 단체정신과 위계가 이미 지배하고 있어서 신참을 환영하는 분위기가 아니었다.

각자 소개를 한 후에 첫 휴식 시간이 있었다. 남자아이들하고는 더 이상 희망이 없었던 데오다는 여자아이들에게 접근하려고 시도했다. 여자아이들은 기겁해 비명을 내지르며 달아났다. 그는 그중 한 아이가 이렇게 외치는 것을 들었다.

「저 아이가 날 건드리면 난 토하고 말 거야!」

데오다는 아이들의 활동을 관찰하며, 자신이 고통을 겪고 있다는 것을 깨달으며 나머지 시간 30분을 보냈다. 그는 자신이 따돌림을 받는 이유를 알고 있었다. 거울을 보면 그 역시 달아나고 싶었으니까. 〈나는 쉽게 나를 보지 않을 수 있지만 그들은 어쩔 수 없이 나를 봐야만 해.〉그는 이렇게 이해했다.

그는 자신의 경멸감을 뒤로 미루는 데 성공했다. 〈내 모습을 처음 봤을 때 나도 그들처럼 반응했었어. 그들도 아마 차츰 익숙해질 거야.〉

교실로 돌아온 그는 처음보다 덜 꾸며진 무관심으로 따돌림을 감당해 냈다. 선생은 그의 용기를 알아차리고 감탄해 마지않았다.

학교가 파할 무렵, 에니드가 그를 데리러 왔다. 그가 품으로 달려들어 평소와 달리 힘주어 껴안자 그녀는 재난을 의심했다. 하지만 그녀는 감히 캐물을 수가 없었다. 손에 손을 잡고 집으로 돌아가는 동안, 아이가 물었다.

「데오도랑이 뭐예요?」

「누가 너한테서 안 좋은 냄새가 난다고 하디?」엄마가 화가 나서 물었다.

「아뇨. 그냥 들은 말이에요.」아이가 걱정스러운 표정으로 대답했다.

「집에 가서 설명해 주마.」

집으로 돌아온 에니드는 아들에게 막대형 데오도랑을 보여 주었다. 데오다는 막대를 한참 쳐다보고는 뚜껑을 열어 냄새를 맡아 보았다. 바닐라 냄새가 났다. 그는 그 위에 써 있는 것을 읽어 보았다.

「이게 어디에 사용되는지 이해가 안돼요.」

에니드는 그것을 바르는 시늉을 하며 그 물건이 어디에 쓰이는지 설명했다.

「하지만 넌 아직 너무 어려서 필요가 없단다.」 그녀가 말을 이었다.

데오다는 그 정보들을 새겨 두었다. 그 별명이 긍정적이지도 부정적이지도 않다고 판단한 그는 그것을 달게 받아들이기로 마음먹었다. 다른 아이들의 악의를 모를 정도로 바보는 아니었지만, 그는 그것을 알아차리지 못한 척하기로 했다.

다음날, 선생은 데오다가 글을 완벽하게 깨우쳤다는 것을 알아챘다.

「누가 가르쳐 줬니?」

「아무도 안 가르쳐 줬어요.」

「그럼, 쓰는 건?」

「전 선생님처럼 쓰지 않아요.」

「보여 주렴.」

데오다는 글씨를 인쇄체로 썼다. 그는 책에서 본 그
대로 옮겨 썼고, 어른들의 필기체를 놀라워했다. 그것
은 아이가 혼자 글을 깨우쳤다는 증거였다.

「내가 필기체도 가르쳐 주마, 좋지? 그게 더 아름다
워.」

〈그러면 넌 다른 아이들의 잔인함을 덜 보게 될 거
야.〉 선생은 속으로 이렇게 생각했다.

아이들은 데오다가 생김새만 괴물 같은 게 아니라는
사실을 깨달았다. 데오다는 그것을 내세우지 않았다.
그는 오늘날 영재라는 아이들이 보인다고 여겨지는 태
도 중 어느 것도 갖고 있지 않았다. 그는 너무 총명해
더 이상 배울 게 없다고 생각하지 않았다. 그는 훤히 알
고 있을 때조차 선생이 설명하는 방식에 관심을 가졌
다. 선생의 말에 귀를 기울이지 않을 때는 다른 학생들
을 몰래 관찰했다. 본능이 친구를 사귀게 그를 부추겼

다. 무리에 섞여 있을 때는 그에게 야유를 보내던 아이들도 따로 만나 보면 그를 그리 싫어하지는 않는 것처럼 보였다. 휴식 시간에는 그들이 개인이기를 멈추고 무리가 되었기 때문에 그들에게 다가가기에 적절한 순간이 아니었다. 따라서 쉬는 시간에는 진부한 얘기 몇 마디만 나누는 게 이상적이었다. 그래야 아이들이 그와 한통속이 되는 것을 두려워하지 않고 대답해 주었다. 왕따 데오다는 급우들 하나하나와 이러한 종류의 접촉을 조금씩 해나갔다. 두 달이 지나자, 무리가 그의 전략을 눈치채지 못한 사이 그는 운동장에서 다른 아이들과 어울려 놀게 되었다.

그렇다고 해도 그에 대한 공격성이 완전히 사라진 것은 아니었다. 어느 날, 선생이 그의 산수 실력을 칭찬하자 한 사악한 녀석이 광고 문구를 큰소리로 외쳤다.

「효능이 끝내주는 데오도랑, 24시간 내내 땀이 나질 않습니다!」

데오다는 반 아이들과 함께 웃음을 터뜨려 놀림을 아주 능숙하게 받아 냈다. 표적이 별 반응을 보이지 않자, 놀림은 아주 빨리 사라졌다. 별명은 머지않아 그의 진짜 이름의 약자로 통할 수 있는 〈데오〉로 짧아졌다.

또 다른 따돌림의 요인은 데오다가 집에 텔레비전이 없는 유일한 학생이라는 점이었다. 그래서 그는 그 주제에 대해 부모에게 물어보았는데, 부모는 아주 단호한 태도를 보였다. 그들의 말에 따르면, 텔레비전은 악마의 발명품이었다. 그 사실을 직접 확인해 보고 싶었던 데오다는 전략가로서 작전을 짰다. 그는 부대를 사열하는 장군처럼 급우 하나하나를 살폈고, 악셀을 작전의 대상으로 찍었다.

「내가 산수 숙제 대신 해주면 수요일 오후에 너희 집에 가서 텔레비전 볼 수 있게 해줄래?」

악셀은 나쁜 점수를 면할 수 있겠다는 생각에 쾌재를 부르며 승낙했다. 데오다가 다음 주 수요일 친구 집에 초대를 받았다고 알리자, 에니드는 무척 기뻐했다.

「친구를 사귀었니?」

그녀는 곧 자신의 열광에 모욕적인 뭔가가 있다는 사실을 깨닫고, 감동을 억누르며 그것이 지극히 정상적인 현상인 것처럼 행동했다.

다음 주 수요일, 우등생을 맞이한 악셀의 엄마는 험

오감을 억눌렀고, 그의 추한 얼굴을 뛰어난 수학 능력 탓으로 돌렸다. 산수 숙제를 쏜살같이 해치운 두 아이는 최고급 텔레비전 앞에 앉았고, 수요일 오후의 인기 프로그램을 보았다.

데오다는 부끄럽게도(자신도 부모님처럼 반응하길 기대했을 테니까) 너무 재미있었다. 하늘을 나는 그 빛과 소리의 양탄자에 올라타기만 하면, 놀라운 인물들이 겪는 우여곡절이 이상한 의성어, 사탕 맛이 나는 후렴구와 함께 초음속의 속도로 전개되는 세계로 실려갔다. 부모는 무엇의 이름으로 그에게서 그 마법의 세계를 박탈했던 걸까?

악셀은 그리 영리하질 못했다. 그는 옆방에서 전화에 대고 소곤대며 오후를 보내는 그의 엄마를 닮은 것 같았다. 아니, 소곤댄다고 믿었다고 해야 할 것 같다. 왜냐하면 데오다가 슬쩍 귀를 기울이기만 해도 〈맹세하는데, 진짜 괴물같이 생겼다니까. 악셀은 아직 어려서 그것도 모르고 있어. 애기 아빠한테 알려야 할까?〉라는 소리가 들려왔으니까.

보아하니, 그녀가 알리지 않은 모양이었다. 오후 6시

경에 한 남자가 들어와서는 이렇게 외쳤으니까.

「이 트롤[9]은 뭐야?」

「안녕하세요. 악셀 아버님.」 모욕을 당한 아이가 지나칠 정도로 예의를 갖춰 말했다.

30분 후, 에니드가 아들을 데리러 왔다. 악셀의 부모가 자신을 빤히 쳐다보는 것만 보고도 그녀는 아들의 생김새가 그들에게 큰 충격을 주었다는 것을 알았다. 〈아뇨, 유전은 아니에요.〉 그녀는 그들에게 이렇게 말해 주고 싶었다.

「오후는 즐겁게 보냈니?」 돌아오는 길에 그녀가 물었다.

「예. 다음 주 수요일에 악셀의 집에 또 놀러 가도 돼요?」

그녀는 허락했다. 그것은 매주 행해지는 의식이 되었다. 의문은 점점 깊어졌다. 저토록 마술적인 텔레비전을 소유하고, 가장 정신이 맑은 시간에 그것을 보는 사람들이 어떻게 짐승처럼 멍청한 상태, 짐승보다 못한

9 *troll*. 북유럽 신화에 나오는 못생긴 요정.

천박하고 보잘것없는 상태에 머물 수가 있을까? 어떻게 그 경이로운 그림들이 그들의 정신을 고양시키지 않을 수 있을까? 더 자세히 알고 싶었던 데오다는 그의 집에서 자고 가도 되느냐고 악셀에게 물었다.

「당연하지.」친구가 대답했다.

다음 주 수요일, 에니드는 오후 6시 반에 아들을 데리러 오지 않았고, 데오다는 마침내 다른 사람들이 저녁 시간을 뭘 하면서 보내는지 알게 되었다. 황당했다. 그들은 저녁 내내 텔레비전 앞에 앉아 있었다. 저녁 8시경, 엄마가 피자를 주문했고, 곧 피자가 배달되자 접시에 덜어 각자에게 갖다 주었다. 이렇게 해서, 식탁에 모여 앉을 필요 없이 계속 텔레비전을 볼 수 있었다.

그 대신 텔레비전 프로들이 바뀌었고, 점점 더 재미없어졌다. 이번에는 진짜 사람들이 나왔다. 그들은 그리 흥미롭지 않은 것들을 말했다. 그들은 아주 거친 말을 사용했고, 악셀의 가족에게 깊은 인상을 주는 것처럼 보였다. 가끔 엄마가 피자 한 조각 더 먹을 사람 있느냐고 물었다. 아빠가 접시를 내밀며 다른 손으로는 조용히 하라고 을러댔다.

데오다는 텔레비전에서 말하는 것에 집중해 보려고 애썼다. 그가 다뤄진 주제를 이해하기 시작하자마자 주제가 바뀌었다. 각 주제 사이의 유일한 공통점은 지독하게 따분하다는 것이었다.

오히려 재미있는 편인 광고들이 그 지루한 프로그램을 중단시켰다. 하지만 그 후로는 더 안 좋았다. 마치 자기 것이라도 되는 것처럼 프랑스의 이름을 걸고 말을 하는 여러 사람들 사이에 설전이 벌어졌다. 이전 방송에서 뭔가 심각한 일이 벌어졌던 게 분명했다.

「저게 재미있니?」 데오다가 악셀의 귀에 대고 물었다.

악셀은 대답 대신 어깨를 으쓱했다.

「자러 갈까?」 데오다가 제안했다.

악셀의 아빠가 조용히 하라는 몸짓을 했다. 두 아이는 슬그머니 악셀의 방으로 갔다.

「너희 가족은 매일 저녁 저렇게 텔레비전을 보니?」 데오다가 물었다.

「부모님은 정보를 얻는 걸 좋아하셔.」

「넌, 넌 따분하지, 안 그래?」

「오, 말해 뭐해.」 악셀이 이렇게 대답하고는 베개에

머리를 올려놓더니 금세 잠이 들었다.

악셀의 태도는 데오다를 몹시 당황스럽게 만들었다. 어떻게 악셀은 그렇게 지루한 걸 참아 낼 수가 있을까? 의무적으로 거기 앉아 있어야 하는 것 같지도 않았다. 그들은 허락을 구하지 않고 방으로 들어와 버릴 수도 있었다. 그런데 왜 그는 그 방송을 억지로 보고 있었던 것일까?

악셀의 방은 장난감으로 넘쳐 났다. 데오다가 수요일마다 악셀의 집에 놀러 온 이후로 그들은 한 번도 그 경이로운 것들을 가지고 논 적이 없었다. 친구를 깨울까 봐 두렵지 않았다면 데오다는 잘 정돈된 그 상자들을 열었을 것이고, 그 욕망의 대상들, 레고, 배트맨 자동차, 뒤플로 병사들을 만져 봤을 것이다. 그는 감히 악셀이 아마 그리 영리하진 않은 모양이라고 생각했다. 그는 그 점에 있어서 늘 켜두는 텔레비전이 모종의 역할을 했을 거라는 가설을 배제하지 않았다. 반드시 방송 프로그램들이 문제가 되는 것은 아니었다. 마치 텔레비전 자체가 악셀의 의지를 마비시켜 버린 것 같았다.

이튿날, 그는 학교를 그리 좋아하지는 않았지만 그곳으로 가면서 오히려 안도감을 느꼈다. 무(無)로부터 보호받는 세계로 가는 느낌이 들었으니까. 그는 학교 식당에서 악셀이 그에 대해 험담(〈데오다는 식사할 때 손으로 마구 집어먹고, 잘 때 옷도 안 벗어〉)을 늘어놓는 것을 듣고는 그에게 다가가 배신의 이유를 물어보았다.

「오, 그냥, 무슨 말이든 해야 하니까.」 악셀이 어깨를 으쓱하며 대답했다.

「앞으로는 수요일에 너희 집에 안 갈 거야.」

「왜?」

데오다는 악셀의 문제가 우둔함을 훨씬 넘어선다는 것을 알았다. 그 문제는 텔레비전과 관계가 있는 게 분명했다. 어떤 성격의 관계인지는 알 수 없었지만. 그는 그 재미있는 만화 영화들을 더 이상 볼 수 없다는 생각에 마음이 약간 아프기는 했다.

데오다의 부모는 그들이 우정이라고 여긴 것이 끝나자 걱정스러워했다.

「그렇게 심각한 거였니, 악셀이 너한테 한 짓이?」

「아뇨.」

「그럼, 용서해 주렴.」

「용서했어요. 더는 이전 같지 않아서요. 그게 다예요.」

우정의 개념이 아직 데오다의 마음을 스치지 않았던 것이다. 그는 우정의 필요성을 특별히 느끼지 않았다. 그 점에 있어서 그는 귀족적으로 행동했다. 우정은 어떤 욕구를 충족시키기 위해 나타나지 않는다. 그것은 우리가 그 숭고한 관계를 가능하게 해주는 존재를 만날 때 출현한다.

데오다는 학교에서 몇몇 아이들이 친구로 지내는 것을 보았다. 그는 그것을 하나의 협정, 신의로 해석했다. 그것은 그에게 존중심을 불어넣긴 했지만 그 이상은 아니었다. 게다가 그로 인해 전혀 마음이 아프진 않았지만 그는 악셀이 그에 대해 험담함으로써 인기를 얻었다는 것을 알았다. 많은 아이들이 그런 비열한 짓에 흡족해 하는 것을 보니, 그들 중 하나에게 다가가고자 하는 마음이 아예 들지를 않았다.

어느 날, 그는 운동장에서 피구를 하다가 머리에 새

똥을 맞고 말았다. 그는 무슨 일이 일어났는지 곧바로 이해하지 못하다가 다른 아이들이 깔깔대며 웃는 것을 보고서야 알았다. 그는 화장실로 달려가 거울을 봤고, 허연 물질이 자신의 머리카락에 묻어 있는 것을 알았다. 그는 감히 그것에 손을 대지 못했다. 놀랍게도 어마어마한 기쁨이 그를 사로잡았다. 수도꼭지에 머리카락을 대고 헹구는 동안, 그는 자신의 흥분을 분석해 보려고 애썼다. 「운동장에 백 명이나 있었는데 하필이면 나한테 떨어졌어. 새가 날 선택한 거야.」

그는 본능적으로 이 해석을 혼자만의 비밀로 간직해야 한다는 것을 알았다. 그가 그 불운을 선택으로 본다는 것을 반 아이들이 안다면, 그는 혹독한 대가를 치르게 될 터였다. 그는 어느 누구도 자신의 설명에 설득되지 않으리라는 것을 잘 알고 있었다. 그래도 그는 그것을 믿어 의심치 않았다.

데오다가 초보 메시아였다면 그는 그 신호를 신적인 상징으로 해석했을 것이다. 하지만 그는 세상을 있는 그대로 보고, 그 자체로 훌륭하다고 여기는 드문 성향을 지니고 있었다. 그는 그 사건을 하나의 계시로 받아들였다. 그에게 새로운 세계, 새들의 세계가 열렸다.

그는 똥을 싼 새를 반사적으로 쳐다보지 않은 것이 아쉬웠다. 그것이 비둘기였는지, 참새였는지, 아니면 다른 새였는지 알 수가 없게 됐으니까.

인간에게 환멸을 느끼기 시작한 그는 하늘의 진정한 주민들을 향해 눈을 들라는 너무나 명백한 초대를 받고 무척이나 기뻐했다. 새가 이미 존재하는데 천사의 형상은 왜 만들어 냈을까? 아름다움, 우아함, 숭고한 노래, 비행, 날개, 미스터리, 이 족속은 성스러운 메신저의 모든 특징을 갖고 있었다. 상상할 필요가 없고 바라보기만 하면 된다는 보충적인 장점과 함께. 하지만 바라보는 것은 인간이라는 종의 장기가 아니었다.

〈저것은 나의 종(種)이 될 거야. 아니, 저건 이미 나의 종이야.〉 데오다는 이렇게 마음먹었다. 우리보다 몇 미터 위쪽에서 살아가는 그 놀라운 범주의 현실 세계를 바라보는 것, 그것은 관찰할 수 없는 것을 관찰하는 것이 아니었다. 쌍안경이 없어도 새는 우리의 눈에 들어왔다. 우리 인간 종족과는 별 관계가 없는, 그렇다고 지나치게 낯설지도 않은 조류는 평행하는 문명, 평화적인 공존이라는 기적을 완수했다.

운동장으로 돌아온 아이는 밤나무 가지들을 유심히
살펴보았다. 그는 날개 달린 파리의 여행자들을 보았
다. 참새, 비둘기, 그리고 그가 아직 이름을 알지 못하
는 다른 새들. 그는 그들 하나하나를 모두 알아보는 법
을 배우겠노라 다짐했다.

「데오, 피구 안 해?」 한 아이가 소리쳤다.

그는 다시 피구 시합에 끼어들었고 여러 번 연속 점
수를 깎아 먹는 실수를 저질렀다. 아이들은 결국 그를
빼버렸다.

자신의 개종 외에 다른 것을 생각할 수 없었던 그는
고통스럽지만 끈기 있게 기다렸다. 그러다 해방의 종소
리가 울리자마자 엄마가 늘 같은 자리에 서서 팔을 벌
리고 맞아 주는 거리로 뛰쳐나갔다.

「엄마, 우리 집에 새들에 관한 책 있어요?」

「아니.」

아이의 얼굴이 어두워졌다. 다행히도 에니드는 반사
신경이 좋았다.

「하지만 백과사전을 뒤지면 틀림없이 새들을 찾을

수 있을 거야.」

오래된 『라루스 백과사전』의 〈새〉 도판은 그 풍부함
으로 데오다의 눈을 가득 채웠다. 절대적인 감탄에 사
로잡힌 그는 배를 깔고 누워 몇 시간이고 그것을 들여
다보았다.

사전에는 한 페이지에 모든 종류의 새가 모여 있었
다. 연작류, 맹금류, 섭금류, 그리고 물갈퀴가 있는 새들
이 자연에서와는 달리 바글바글 모여 서로 포개져 있었
다. 그것은 하나의 예술 작품, 색깔과 우아함의 향연이
었다.

어린 소년은 『라루스 백과사전』의 다른 도판들도 일
일이 살펴보는 과학적인 본능을 지니고 있었다. 고양이
과 동물, 물고기, 공룡, 뱀들도 있었지만, 그에게 그런
느낌을 준 것은 의심할 여지없이 새 도판뿐이었다. 적
어도 물고기 도판에는 새 도판에 버금가는 색깔들이 있
었지만, 그는 당황하거나 난처한 얼굴을 가진 그 종에
대해서는 어떠한 매력도 느끼지 못했다.

백과사전의 삽화가는 새들에게 수수께끼 같은, 하지
만 인간의 기분을 나타내는 용어들로 옮길 수 없는 표

정을 부여했다. 물고기들은 마뜩찮은 표정을 지었지만, 새들은 그들의 미스터리를 간직하고 있었다.

데오다는 도판에 정리되어 있는 새들의 표제어 역시 살펴보았다. 기쁨! 라루스 사전은 인심 후하게도 표제어 〈티티새〉에서는 수컷 견본과 암컷 한 마리를, 표제어 〈깨새〉에서는 푸른색 깨새를 보여 주었다. 그 페이지들은 새들로 넘쳐 났다. 그것들을 하나도 빼놓지 않고 찾아봐야 했다. 산책자가 두 잡목 사이에서 새가 날아오르는 것을 발견하듯, 종이 두 장 사이에서 어떤 비밀스러운 종과 마주치게 될지 결코 알 수 없었다.

에니드는 전에는 학교 갈 준비를 하게 아침 7시에 아들을 깨워야만 했다. 그런데 이제 그녀는 벌써 일어나 거실 양탄자에 엎드린 채 사전을 들여다보고 있는 아들을 발견했다. 그녀는 매번 그에게 언제부터 일어나 있었느냐고 물었다. 대답은 늘 한결같았다.

「모르겠어요.」

「네가 잠을 잤으면 좋겠구나, 애야. 너에겐 잠이 필요해.」

「저한테는 새가 더 필요해요.」

「이제는 새들을 다 알잖니.」

「아뇨. 사전에 그려져 있지 않은 새들도 있어요. 게다가 단지 그들을 발견하려고 이러는 건 아니에요. 무엇보다 그들과 함께하려는 거죠.」

한 이웃 여자가 요리사 아들이 새들을 열정적으로 좋아한다는 사실을 알게 되었다. 그녀는 아이에게 카나리아를 보러 자기 집에 놀러 오라고 제안했다. 데오다는 주체할 수 없는 분노에 사로잡혀 집으로 돌아왔다.

「엄마, 조니는 새장에 갇혀 있어요! 부퉁 부인은 괴물이에요.」

「새들을 키우는 사람들은 그것들을 반드시 새장에 가둬 둔단다. 안 그러면 달아나서 죽어 버리거든. 이곳의 기후는 그들에게 맞지를 않아.」

「그럼, 그들을 그들 나라로 도로 데려다줘야 해요.」

「그건 불가능해.」

아이는 오랫동안 깊은 회의와 슬픔에 빠져 있었다. 인간의 가학성이 그를 격분하게 했다.

아들에게 줄 크리스마스 선물로 붉은가슴되새들을

살 생각이었던 에니드는 비슷한 실수를 피할 수 있게 된 것에 깊은 안도감을 느꼈다. 그녀는 서점에 들러 보르다스 출판사에서 출간된『세계의 새들』을 샀다.

이렇게 해서 데오다는 여섯 살이 되던 해 크리스마스에 그에게 성경의 역할을 하게 될 책을 선물받았다. 그 가이드북은 우선 비(非) 연작류 99종을 열거한 후에 연작류 74종을 탐구했다. 아주 이상한 분류법이었지만 그 어린 독자를 혼란에 빠트리지는 않았다.

그 부조리한 분류법은 아마도 대다수 사람들의 경우 새들에 대한 사랑이 실제로는 연작류에 대한 사랑과 일치한다는 사실에 의해 설명될 것이다. 사실, 깨새, 꾀꼬리, 피리새, 울새에 대해 어떻게 따뜻한 애정을 느끼지 않을 수 있겠는가? 데오다는 그 새들을 무척 좋아했다. 하지만 맹금류나 비둘기과도 좋아하긴 마찬가지였다. 그는 앵무새류, 특히 물갈퀴가 있는 새들이 많은 사람들에게 놀림의 대상이 된다는 사실을 나중에야 알았다. 그러니까 엉덩이를 땅에 붙이고 사는 촌것들이 감히 그토록 고귀한 새들을 조롱했던 것이다. 그는 입을 다물지 못했다. 정말이지 인간의 천함에는 한계가 없었다. 야생 거위 비행 대대의 위용을 본 사람은 하늘의 귀족들 앞에서 고개를 숙일 수밖에 없다.

거위들만 인간에게 어리석은 경멸을 받은 것은 아니었다. 데오다는 두루미가 〈천박한 여자〉와 동의어라는 것을, 오리가 불행한 사촌 칠면조처럼 아주 다양한 형태의 그로테스크한 비교들과 연관이 있다는 것을 알았다. 그는 공부를 더 해나갔고, 그것이 특히 프랑스어가 가진 악습이라는 것을 확인하고는 약간 마음이 놓였다. 영어로 칠면조는 터키*turkey*라 불리는데, 터키 제국과 연관되어 숭배를 받았다. 일본어로 오리는 신*kami*과 발음이 비슷한 가모*kamo*라고 명명되고, 쓰루*tsuru*라는 아름다운 이름을 가진 두루미는 그야말로 경배의 대상이다.

프랑스어가 가진, 그 찬란한 동물들을 우스꽝스럽게 만들려는 욕구에 대해 박사 논문이라도 한 편 써야 할 것 같았다. 데오다는 질투가 거기서 큰 역할을 하는 게 아닌지 본능적으로 의심했다. 라퐁텐의 세기 이후로, 시샘을 야기하는 것이 불행을 가져온다는 것을 사람들은 알고 있다. 특히 프랑스에서는 그렇다.

반면에 그를 사로잡은 것의 이름 자체가 제목이라서 그가 서둘러 봤던 히치콕의 유명한 영화는 그에게 그다지 충격을 주지 않았다. 영화 「새」에는 증오도 경멸도 없이, 오로지 새의 지배권에 대한 첨예한 의식뿐이었다. 그랬다, 새들이 원하기만 한다면 인류를 파괴하는 것은 식은 죽 먹기일 것이다. 그것은 그들의 호의(이것은 정확한 낱말이 아니었다)가 아니라 인간에 대한 그들의 도도한 무관심에 탄복해야 하는 또 하나의 이유였다.

데오다는 인간에 대한 새의 이러한 태도에서 가능한 한 영감을 얻기로 마음먹었다. 같은 반 아이들도 다른 모든 인간들처럼 구제가 불가능했다. 그렇다고 그들이 악마인 것은 아니었다. 그들은 어떠한 벌도 받을 만하지는 않았다. 다만 새들이 사는 것처럼 사는 법을 배워야만 했다. 인간과 함께가 아니라 그들과 나란히, 몇 미터 거리를 두고. 참새가 인간의 손에 든 모이를 쪼아 먹을 때도 그 두 세계 사이에는 건널 수 없는 거리가 존재했다. 하늘을 나는 종과 땅을 기어다니는 종을 분리시키는 거리가.

엄마를 숭배했던 아이는 그녀가 자신의 선민들을 사랑하는지 알아야 할 필요성을 느꼈다.

「나도 새들을 좋아해. 하지만 말이나 코끼리도 좋아한단다. 새들이 멋지기는 해도 그리 정이 가지는 않지.」

데오다가 곰곰이 생각해 보고는 대답했다.

「엄마 말이 맞아요. 제가 새들을 그토록 좋아하는 것도 바로 그 때문이에요.」

「너무나 정이 많은 네가, 나를 안아 줄 기회를 놓치는 법이 없는 네가?」

「예. 전 엄마를 있는 그대로 사랑할 필요가 있어요. 하지만 새들에 대한 사랑은 달라요. 그 또한 필요 불가결한 것이고요.」

에니드는 끊임없이 그녀를 난감하게 만드는 동시에 감탄시키는 아들을 빤히 쳐다보았다. 일곱 살 아이가 어떻게 이런 말을. 그건 대단한 것이었다. 그들은 데오다에게 그 유명한 테스트들을 받아 보게 했다. 아이큐 180, 그것은 아들이 그들이 원하는 무엇이든 될 수 있을 거라고 예고했다. 하지만 에니드는 자신의 아들이 영재의 수준을 넘어선다는 것을 알고 있었다. 그는 천

재였고, 지능의 진부한 패러다임들과는 무관한 자신만
의 법칙들을 창조했다.

검사관들은 확인차 그녀에게 아이가 학교에서 따분
해하느냐고, 수업 중에 용인할 수 없는 태도를 보이느
냐고 물었다. 그녀는 그들이 잘못 생각하고 있다는 것
을 깨우쳐 줄 수 있어서 기분이 좋았다.

「아뇨, 아주 얌전해요. 가만히 앉아서 창밖을 바라보
죠.」

데오다는 이미 확인한 바 있었다. 적어도 새 한 마리
볼 수 없는 창문은 존재하지 않는다는 사실을. 그는
말, 물고기, 혹은 뱀을 열정적으로 좋아하는 사람들을
가엾게 여겼다. 왜냐하면 그 종들에게는 창문의 법칙이
통하질 않았으니까. 잘 생각해 보면, 창문의 법칙은 새
들하고만 통했다. 곤충들은 겨울이면 사라졌으니까.

모든 야생 동물 가운데 우리가 1년 내내 일상적으로
접하는 것은 새가 유일했다. 그것들을 드물게 보는 장
소는 바다 한가운데와 사막뿐이었다. 그 장소들은 인
간이 거의 마주칠 수 없는 곳들과 일치했다. 이러한 관
찰은 말하자면 새가 인간의 고귀한 형제라는 사실을

암시했다. 늘 함께 있는 새는 인간이라는 종에게 그가 중력의 묘한 유혹에 넘어가지 않았다면 될 수도 있었을 것을 일깨워 주었다.

그것은 일방적인 형제애였다. 새가 그의 귀족적 특권들을 인류와 나눌 위험은 전혀 없었다. 하지만 인류는 언제든 눈을 들어 하늘을 올려다보며 감히 날아오른 종의 자유로운 삶을 꿈꿀 수 있었다.

날아오르는 것, 그것은 그야말로 대담무쌍한 도전이었다. 원래는 아무 종도 날지 않았다. 수억 년 전 어느날, 작은 짐승 하나가 그 전대미문의 꿈을 품었을 뿐 아니라 그것을 실현하려고 시도하기까지 했다. 사람들은 비행의 선구자들을 떠올리며 근거가 있는 감동을 느낀다. 그들은 정신 나간 실험에 목숨을 건 최초의 동물들을 기억할까? 그 시기에 분명히 하나의 선택이 있었다. 인간은 땅을 선택한 종에 속한다.

귀족적 우월함이 또 다른 우월함을 불러와, 하늘을 선택한 종은 또한 노래를 창조했다. 음악이 의미와 분리되지 않은 언어의 아주 오래된 단계를 우리가 상상할 수 있는 것은 새 덕분이다. 예술을 위한 예술 같은 이론을 세우기 위해서는 인간의 초라한 두뇌가 필요했다. 티티새와 나이팅게일은 굳이 말하지 않아도 아름답기만 한 것의 범주는 어리석음이며, 그런 건 존재하지도 않는다는 것을 안다. 그들이 그 정도로 아름답게 노래를 하는 것은 해방을 향한 가장 어마어마한 비상을 보장하기 위해서다. 영감으로 가득한 나이팅게일의 노래가 말하는 것은 그것이 불러일으킬 수 있는 숭고함과 감동에 한계가 없다는 사실이다.

데오다를 감동시킨 것은 모든 새의 노래가 아름답지는 않다는 점이었다. 왜가리나 어치 같은 몇몇 종들은 멋지긴 해도 아주 듣기 싫은 소리를 질러 댔다. 왜가리의 경우는 특히 비장했다. 비행 중이든 땅에 있든 그 정도로 왕자의 풍채를 지닌 새는 거의 없기 때문이다. 그 왕자의 말씨가 선병 환자의 마른기침 소리를 닮았다는 사실이 새의 노랫소리를 깃털 뽑는 소리와 연관시키는 우화들에 이야깃거리를 제공했다.

데오다가 그 종족을 높이 평가하는 것도 그 때문이었다. 새들은 아무리 멋져도 나름의 모순, 실패한 시도, 기괴함을 갖고 있었다. 그래서 그들을 관찰하다 보면 결코 지루할 새가 없었다. 그것들은 하나의 세계를 구성했다. 그 세계가 가정하는 음모, 영웅, 광대들과 함께. 고대의 시조새에서 미래 지향적인 북극제비갈매기까지, 실속 없이 화려한 수염수리에서 무례한 거미잡이새까지, 뻔뻔스러운 뻐꾸기에서 헌신적인 펠리컨까지, 우둔한 홍방울새에서 기술자 오색딱따구리까지, 모든 역할이 나타나 있었다.

문학에 심취한 사람이 침대 머리맡에 두고 읽을 책으로 딱 한 권만 고르지 못하는 것과 마찬가지로, 데오다는 한 종류의 새만 각별히 좋아할 수 없었다. 깜짝 놀란 올빼미(그의 울음소리보다 더 가슴을 에는 게 뭐가 있을까?), 여름상오리(그 우아한 거동이라니!), 변덕스러운 말똥가리(먹이를 덮치기 전에 허공에 멈춰 있는 그 놀라운 동작), 동고비(몸을 뒤집고 날 때의 유머), 굴뚝새(로셰 쉬사르 초콜릿 같은 그의 볼륨), 쇠물닭(얼마나 예쁜 새인지!), 터키멧비둘기(너무나 부드러운 그 눈길) 중에 어떻게 하나를 고를 수 있겠는가?『세계의 새들』에서 새로운 종류의 새를 발견할 때마다 그는 기뻐서 펄쩍펄쩍 뛰었다.

〈이 새들을 실제로 다 만나 보면 어쩌면 그중에서 하나를 더 좋아할 수 있을지도 몰라.〉 그는 이렇게 생각했다. 데오다는 자신의 불리한 조건을 의식하고 있었다. 일곱 살 어린아이인 데다 도시에 살아서 그 경이로운 새들을 관찰하러 그들의 서식지로 갈 수가 없었다. 그럼에도 파리에서 관찰할 수 있는 새들, 다시 말해 비둘기와 참새들을 열심히 관찰했다. 특히 참새들이 그를 매료시켰다. 인도를 폴짝폴짝 뛰어다니는 작은 수도사, 버릇없고 비웃기 좋아하는 포석의 가벼운 방문객, 행운을 노리며 동분서주하는 가난뱅이 참새들은 파리의 청년들이었고, 그 암컷은 고질적인 날씬함을 자랑스러워하는 파리의 아가씨들이었다. 비둘기들은 경멸의 대상이라는 점에서 파리의 노인들과 똑같다. 나이가 들고 배가 나오고 동작이 굼뜬 것이 그들 잘못인가? 파리의 노인들이 다른 곳 노인들보다 자존심 구길 일이 더 많기는 했다. 하지만 이런저런 보상이 있어서 그나마 다행이었다. 예를 들어, 멋쟁이 아가씨들에게 멸시당하고 경찰의 일제 단속에 시달리는 그들은 비둘기가 역사적 건축물에 똥을 찍찍 싸댈 때 큰 위로를 얻는다.

데오다는 파리의 공원에서 칠흑같이 검은 까마귀들을, 센강변에서는 촌사람들이 그러듯 마치 그곳에서 태어난 척하는 참새들을 관찰할 수 있었다. 〈새는 일단 파리에서 태어나고 봐야 해.〉 그들은 이렇게 말하는 것처럼 보였다. 비용[10]은 그 시절에 벌써 이해했다. 새들도 다른 종들처럼 파리로 이끌린다는 것을.

그래도 아이는 자신의 날개로 날기보다는 하루빨리 다른 곳에 가서 조류의 수없이 많은 종들을 관찰하고 싶었다. 언젠가 그도 악상테르 무셰(참새와 비슷한 연작류), 군함조, 허드슨강 멧새를 직접 눈으로 보게 될까? 흑기러기 떼가 이동하는 광경으로 그의 영혼을 가득 채울 수 있을까? 거의 하이에나만큼이나 미움을 받는 독수리조차 그의 호감을 불러일으켰다. 그는 그 재빠른 청소부에게 자신의 시신을 넘기는 족속들을 이해했다.

새에 대한 소년의 열정이 학교 성적에 영향을 끼치진 않았지만 그를 원초적인 고독으로 되돌아가게 했다.

10 프랑스 시인으로 15세기에 활동했다.

부모가 학교로 불려 갔다.

「초등학교 준비반에서 친구가 많았던 아드님이 이젠 옛 급우들에게 말도 안 건넨답니다. 알고 계십니까?」

「그게 그 아이의 선택이라는 것 정도는 알고 있어요.」

「데오다는 월등하게 머리가 좋습니다. 본인도 그걸 알고 있죠. 그렇다고 급우들을 업신여기며 홀로 지내게 부추겨서는 안 되죠.」

「업신여기는 게 아닙니다. 우리 아이는 오로지 새 생각밖에 없어요.」

「그 아이를 조류 학자로 만들 생각이세요?」

「우리는 그 아이 스스로 자신의 미래를 결정하게 내버려둘 생각입니다.」

「아쉽군요. 그 정도 머리면 더 나은 직업을 찾을 수도 있을 텐데요.」

표정이 차갑게 굳은 에니드는 면담을 돌연 중단하고 남편을 교장실 밖으로 끌고 나갔다.

「교장이라는 사람이 정말 한심해요!」

「당신 말이 맞아요, 여보. 데오다에게는 이 면담에 대해 아무 말도 하지 맙시다.」

진실은 데오다가 아이들 사이에 스스럼없이 섞여 드
는 게 가능하다는 것을 스스로 증명하고자 했었다는
것이었다. 하지만 그것을 더 이상 의심할 필요가 없게
되자, 우애라는 것이 별 가치가 없다는 것을 확인할 수
있게 되자, 그는 모든 사회생활에 등을 돌려 버렸다. 운
동장의 한낱 참새를 바라보는 것이 그를 한동안 데오
도랑(탈취제)이라 부르다가 이제는 앙피앙테(새똥 맞
은 놈)라 부르는 아이들과 교제하는 것보다 훨씬 더 많
은 것을 그에게 가져다주었으니까.

사람들은 극도의 아름다움에 무심하지 않다. 그들은 아주 의식적으로 그것을 미워한다. 극히 못생긴 사람은 가끔 약간의 동정을 불러일으키지만, 극히 아름다운 사람은 연민은커녕 화만 치밀어 오르게 한다. 성공의 열쇠는 아무도 불편하게 만들지 않을 정도로 적당히 예쁘장하게 생기는 데 있다.

트레미에르는 등교 첫날부터 왕따가 되었다. 여선생과 급우들은 그들의 증오를 정당화해 줄 최고의 구실을 찾아냈다. 트레미에르에게는 멍청하기 짝이 없다는 딱지가 붙었다.

불행하게도 그녀의 엄마 역시 그렇게 생각했다.

어떻게 아주 어린 아이가 주변 사람들에게 멍청하다고 느껴질 수 있을까? 어떻게 멍청하다는 평판이 학교에서 그 아이에게만 집중될 수 있을까? 거기에 이중의 끔찍한 미스터리가 있다.

트레미에르는 네 살 때부터 한 달에 한 번씩 파리에 있는 부모 집에서 주말을 보냈다. 그녀의 부모는 그녀를 유치원에 보내지 않겠다고 고집을 부리는 파스로즈를 좋지 않은 눈으로 보았다.

「유치원에 가봤자 어린 시절의 환상을 망치기만 한다니까.」할머니는 이렇게 말했다.

「그렇지 않아요. 유치원은 유아들을 사회화시키는 데 도움이 돼요.」엄마는 이렇게 대답했다.

「사회화라니, 정말이지 야만적인 어휘로구나!」

따라서 한 달에 한 번씩 찾아오는 그 주말은 트레미에르를 파스로즈와 맺는 것과는 다른 인간관계에 입문시키는 기능을 했다. 퐁텐블로에서 파리로 올라가는 차 안에서 로즈는 습관적으로 딸에게 물었다.

「이번 주에는 무슨 일이 있었니?」

엄마는 딸의 긴 침묵을 생각을 해보느라 그러겠거니

하고 잘못 해석했다. 침묵. 환각에 사로잡힌 것 같은 아이의 표정.

「어제, 그제는 할머니하고 뭐 했니?」

변함없는 태도.

「파리에 가면 뭘 하고 싶니, 얘야?」

마찬가지.

「누가 질문하면 대답해야 한다는 건 아니?」

파리 13구의 아파트에 가면 트레미에르의 방도 있었고 장난감들도 있었다. 아이는 방바닥에 꼼짝도 않고 앉아 장난감들을 만지지는 않고 황홀한 표정으로 쳐다보기만 했다. 아이는 거의 말을 하지 않았다.

딱 한 번, 아이가 실망스럽지 않은 행동을 한 적이 있었다. 로즈가 자신의 화랑에서 열리는, 어마어마하게 큰 그림으로 사람들을 당황시키는 한 세르비아 화가의 베르니사주[11]에 트레미에르를 데려간 적이 있었다. 아이는 깜짝 놀란 표정으로 그림 하나하나를 아주 오랫동안 쳐다보았다. 화가가 다가와서 그림에 대해 어떻게 생각하느냐고 물었고, 트레미에르는 손가락을 들어

11 전시회 개최 전날의 특별 초대.

가장 독특한 작품을 가리키고는 휘둥그레진 눈을 화가에게로 돌렸다.

세르비아 화가는 넋을 잃은 표정으로 아이를 바라보고는 아이의 손에 키스했다.

「앞으로는 오로지 당신의 딸을 위해서만 그리고 싶군요.」그가 화랑 여주인에게 말했다.

로즈는 신중을 기하기 위해 입을 다물었지만 아이가 천재적인 감식안을 갖고 있다는 화가의 말은 한순간도 믿지 않았다. 그녀의 의견은 자기도 모르게 이미 굳어져 있었다. 부끄럽긴 했지만 조금도 바꿀 수가 없었다. 한 번도 입 밖에 낸 적은 없지만, 그녀는 트레미에르를 멍청하기 짝이 없다고 생각했다.

일요일 저녁에 아이를 퐁텐블로로 데려다줄 때면 그녀는 오히려 안도감이 느껴져서 약간 슬펐다. 딸아이가 〈할머니!〉라고 외치며 파스로즈의 품으로 달려드는 것을 보면서 그녀는 생각했다. 〈슬퍼할 것 없어. 나만 안도감을 느끼는 건 아니니까.〉

그래도 그녀는 딸을 사랑했다. 그리고 딸도 그녀를 사랑했다. 하지만 그것은 아이를 할머니와 결합시키는 열정과는 아무런 관계가 없었다.

　파리로 돌아온 로즈는 내심 걱정하던 것을 남편에게 털어놓았다.

　「난 트레미에르의 나이에, 이미 그 전에 탐험에 나섰어. 엄마의 집 자체가 엄청난 미스터리거든. 여기저기 뒤지고, 다락방에 올라가 보고, 아니면 적어도 문들을 열어 보게 만들지. 우리 딸은 그냥 바닥에 앉아서 움직이지도, 말하지도 않고 주변을 관찰하기만 해.」

　「선승으로 만들면 되겠네.」

　「농담은 그만두고, 당신 딸이 독특하다는 걸 인정해.」

　「내가 뭐라고 말해 주길 원해? 그 애가 우둔하다고?」

　「그 말은 너무 심해. 아니, 난 그 애가 호기심이 부족하다고 생각하는 거야.」

　「호기심, 그거 많으면 탈나잖아? 부족해서 다행이네!」

　로즈는 딸의 어린 시절과 자신의 어린 시절을 비교하는 건 잘못이라는 것도, 자신이 확실히 자신의 어린 시절을 이상화하고 있다는 것도, 모녀의 어린 시절이 그토록 다른 것은 기뻐해야 할 일이라는 것도 알고 있었다. 하지만 그녀가 내심 트레미에르의 몽롱함 혹은 얼빠짐이라 명명하는 것에 대해 불안을 키우지 않을 수 없었다.

2년 후, 트레미에르의 준비반 입학은 그녀의 두려움을 확인시켜 주었다. 트레미에르가 징징거려서가 아니라 — 아이는 결코 징징대지 않았다 — 여선생이 그녀에게 전화를 걸었으니까.

「문제가 생겼습니다, 부인.」

「제 딸애가 학업을 못 따라가죠, 그렇죠?」

「문제는 그게 아니에요. 더한 아이들도 많으니까요. 트레미에르가 집에 가면 학교에서 무슨 일이 있었는지 얘기하나요?」

「아뇨.」

「조금 전에 휴식 시간이 끝났는데 트레미에르가 안 보이더군요. 트레미에르는 어디 있느냐고 물었더니 아이들이 일제히 깔깔대며 웃는 거예요. 그래서 운동장으로 달려가 보니 트레미에르가 땅바닥에 주저앉아 있더군요. 〈너 거기서 뭐 하니? 교실로 들어가!〉〈그럴 수 없어요.〉〈왜?〉〈마이테가 백묵으로 제 주변에 선을 그어 놓고 원 밖으로 나가면 안 된다고 했어요.〉〈선생님이 너한테 거기서 나오라고 명령하는 거야!〉〈제가 여기서 나가면 엄마가 죽을 거라고 마이테가 말했어요.〉〈널 놀리려고 그런 거야, 그런 말을 곧이곧대로 믿어서는 안 돼.〉제가 그 아이를 원 밖으로 억지로 끌어내야 했어요. 아이한테 어머니께서 분명히 살아 있다고 말해 주세요.」

적잖이 당황한 로즈는 아이를 바꿔 달라고 하고는 그 못된 마이테하고는 같이 놀지 말라고 단단히 일렀다. 그리고는 선생님을 다시 바꿔 달라고 했다.

「선생님께서 마이테 부모님한테도 전화해 주셨으면 좋겠어요.」

「물론이죠, 부인. 그리고 부인과도 개별 면담을 가졌으면 좋겠어요.」

그들은 약속을 잡았다. 로즈는 수화기를 내려놓으며 한숨을 내쉬었다. 〈분명히 이 선생도 나처럼 생각할 거야. 멍청하지 않고서야 어떻게 그 백묵 이야기를 믿고

마이테의 말에 복종하겠어. 내 딸은 바보야.〉

　면담 중에 여교사는 로즈에게 트레미에르가 자신을 방어하는 것을 본 적이 없다며 그것은 정상이 아니라고 로즈에게 설명했다.

「마이테만이 아니에요. 모든 아이들이 트레미에르를 괴롭혀요. 그 아이에게 자신을 지키는 법을 가르쳐 주세요.」

「어떻게요?」

「그런 괴롭힘을 받아들여서는 안 된다고 말해 주세요.」

「때려 주라고 할까요?」

「물론 그러면 안 되죠. 말로 하라고 하세요. 다시 말해서, 어머님이 자신을 지키거나 그녀를 지켜 줄 때처럼 말해야 한다고요. 누가 그 아이를 공격하면 어머님이 나서서 지켜 주시잖아요, 안 그런가요?」

「물론이죠.」 로즈가 기어들어 가는 목소리로 대답했다. 그녀는 자신의 목소리에 묻어나는 확신의 결여를 여선생이 알아차리지 못했기를 바랐다.

　그녀는 가능한 한 서둘러 면담을 끝냈다. 죄책감에

짓눌렸기 때문이었다. 〈난 거짓말만 하고 있어. 트레미에르가 할머니 집에서 지낸다고 말하면, 그 여자는 틀림없이 집으로 도로 데려오라고 할 거야. 게다가 트레미에르는 그 소린 듣고 싶어 하지 않아. 누가 공격을 하면 내 아이를 지키느냐고? 이건 또 무슨 얘기야? 그 마이테라는 아이 말고는 어느 누구도 트레미에르를 괴롭힌 적이 없는데.〉

로즈는 파스로즈에게 전화를 걸었다.

「누가 트레미에르를 공격하면 엄마는 그 아이를 지켜 줘요?」

「누가 그 아이를 공격했니?」

「내 질문에 대답이나 해요, 엄마.」

「누가 그 아이를 공격하면 죽을힘을 다해 지키겠지. 하지만 그런 일은 단 한 번도 일어나지 않았어. 그런데 그건 왜 묻니?」

로즈는 학교에서 있었던 일을 이야기했다. 파스로즈가 한숨을 내쉬었다.

「가엾은 것!」

「백묵으로 그린 원 이야기 따위를 믿다니, 멍청하기

도 하죠?」

「난 이해할 수 있어. 코카서스에서는 백묵으로 그린 원을 가지고는 농담하지 않는단다.」

「엄마가 믿는 어처구니없는 것들을 아이의 머리에 욱여넣었다는 말은 아니겠죠?」

「나도 조심하고 있어. 다만 트레미에르에게 아주 뛰어난 마술 감각이 있다는 생각은 하고 있지.」

「애가 약간 멍청한 것 같지 않아요?」

「천만에. 트레미에르는 우월한 지능을 가진 아이란다.」

「어떤 점에서요, 엄마?」

「그 아이는 어리석은 말을 결코 하지 않아.」

「아예 말을 하질 않죠.」

「그렇지 않아. 말수가 적긴 해도, 그 아이가 하는 말은 참으로 비범해.」

「학교 성적은 비범할 게 전혀 없는데요.」

「언제부터 그따위 하찮은 걸로 아이의 지능을 평가하니?」

「혹시라도 그 아이한테 학교는 전혀 중요하지 않다

고 얘기하진 마세요.」

파스로즈는 그 점에 대해 딸을 안심시켰다.

「있잖아요, 엄마, 트레미에르가 반에서 왕따를 당하나 봐요. 애가 엄마한테는 그 얘길 해요?」

「전혀.」

「어떻게 된 일인지 좀 알아보세요, 알았죠?」

「약속하마.」

바로 그날 저녁, 할머니는 손녀와 중요한 대화를 나눴다.

「애야, 반 아이들이 너한테 못되게 구니?」

「아뇨.」

「마이테가 백묵으로 원을 그리고 그 안에 널 가뒀다면서.」

「그게 못되게 구는 거예요?」

「있잖니, 마이테 같은 몇몇 아이들은 아주 못됐단다. 휴식 시간에 무슨 일이 있었는지 나한테 얘기해 주겠니?」

「놀이를 해요.」

「무슨 놀이?」

「수영장 놀이요.」

「운동장에 수영장이 있니?」

「제가 수영장이에요.」

「무슨 말인지 모르겠구나.」

「다른 아이들이 다이빙대에 올라가듯 벽 위로 올라
가요. 전 그 아래 바닥에 누워 있고요. 아이들이 뛰어내
려요.」

「더 이상 알고 싶지 않구나. 왜 다른 놀이를 하지 않
니?」

「축구도 해요.」

「내가 맞춰 보마. 네가 공이지?」

「아뇨, 공을 저한테 차요.」

「네가 골키퍼니?」

「아뇨, 골대요.」

「애야, 정말 끔찍하구나. 다른 아이들이 널 아프게
하는 걸 받아들이면 안 된단다.」

「그렇게 많이 아프진 않아요. 그리고 전보다는 나아
요. 전에는 아무도 나랑은 놀아 주지 않았거든요.」

「난 차라리 네가 아무하고도 놀지 않았으면 좋겠구
나. 앞으로는 그런 끔찍한 놀이들은 거부하겠다고 약
속해 주렴.」

「그럴게요.」

파스로즈가 흐뭇하게 웃고는 물었다.

「그렇게 얻어맞았는데 어떻게 넌 멍도 안 드니?」

트레미에르가 어깨를 으쓱했다. 매일 저녁 목욕을
시켜 주는 할머니도 아이의 몸에 멍이 든 것을 본 적이
없었다. 몹시 신기한 일이었다. 트레미에르에게는 자국
이 남지 않았다.

이튿날, 반 아이들이 그들의 가학적인 놀이 중 하나
에 끌어들이려 하자 트레미에르는 정중하게 거절했다.
그들이 계속 졸랐지만 그녀는 거부 의사를 꺾지 않았
다. 그러자 그들은 그녀에게 몰매를 때리려고 했다. 그
녀는 아주 차분하게 그들을 똑바로 쳐다보며 말했다.

「소용없어. 나한테는 자국이 안 남으니까.」

그들은 너무나 당황한 나머지 다른 놀이로 넘어갔
다. 그 후로 트레미에르는 외톨이가 되었다. 휴식 시간
이면 그녀는 노래를 흥얼거리며 하염없이 걸어다녔다.

그녀는 아무것에도 관심이 없는 것처럼 보였다. 그녀에게 중요한 단 한 가지는 할머니 곁으로 돌아가는 것이었다.

「친구가 없어서 너무 심심하진 않니?」 할머니가 손녀에게 물었다.

「어차피 전 학교를 그리 좋아하지 않아요.」 손녀의 대답은 그랬다.

트레미에르는 주말에도 계속 성의 주방 한가운데에 주저앉아 꼼짝도 않고 주변을 바라보았다.

「심심하지 않니?」 파스로즈가 물었다.

「아뇨. 전 늘 새로운 뭔가를 찾아내요.」

할머니는 그 대답이 너무나 기특해서 아이를 자신의 침실로 데려갔다. 그것은 그 자체로 이미 드문 특혜였다. 다른 사람이 자신의 성소로 들어가는 걸 그녀가 허락하지 않았기 때문이었다. 하지만 그녀는 거기에 그치지 않았다.

「내가 아무한테도 보여 주지 않는 걸 너한테 보여 주마.」

노부인은 화장대 앞에 앉아 아이를 자신의 무릎 위에

앉히고는 서랍을 열어 가죽으로 된 함을 집어 들었다.

「가죽은 피부란다. 상처 입기 쉬운 것을 보호하기 위해서는 이만한 것이 없지.」

그녀가 뚜껑을 열고는 극도로 세심하게 정리되어 있는 찬란한 광채의 세계를 드러냈다.

「두 점의 보석이 서로 닿아서는 안 된단다. 서로 흠집을 낼 수 있거든. 보물 창고에 서로 뒤섞여 쌓인 보석 세공품들이 넘쳐 나는 건 해적 영화에서나 볼 수 있는 거야. 각 보석은 다른 보석들과의 접촉을 참아 내지 못하는 섬세한 영혼이란다.」

보석함의 내부는 비밀 서랍, 벨벳 패드, 함정, 교묘한 속임수, 무시무시한 기계 장치들이 감춰진 여러 층의 미로로 이루어져 있었다.

「손을 이리 주고 눈을 감으렴.」

아이가 겁에 질려 시키는 대로 했다. 할머니는 구석구석 전혀 예상치 못한 곳에 부드러운 천이 딱딱하고 차가운 금속과 보석을 품고 있는 그 천재적인 보석 상자 속으로 아이의 손을 이끌었다.

「설사 네 눈이 안 보여도 이게 얼마나 아름다운지 알

수 있을 거야, 안 그러니?」

파스로즈는 아이의 몸에 소름이 돋아 있는 것을 알아보았다. 그녀는 그 반응에 흡족한 듯 고개를 끄덕였다.

「이제 눈을 뜨렴.」

마치 빛이 따귀를 때리기라도 하듯 금의 광채가 트레미에르를 사로잡았다. 노부인은 모든 보석 세공품이 공기를 쐴 수 있도록 칸들을 해체했다. 그러고는 그것들이 마치 사람이라도 되는 것처럼 하나씩 아이에게 소개했다.

「이건 1749년에 제작된 팔찌, 사마르칸트의 별이란다. 페르시아의 한 귀족이 베르사유궁의 한 부인에게 선물한 거지. 우랄산맥의 금으로 만들어졌어. 너도 알게 되겠지만, 금만큼 천차만별인 것도 없단다. 이렇게 노란 금을 제대로 평가하려면 동양적인 취향이 필요해. 난 이 팔찌를 무척 사랑한단다. 게다가 이 팔찌에는 이 팔찌에 사마르칸트의 별이라는 이름을 준 이 다이아몬드가 박혀 있지. 너무 커서 팔찌를 보란 듯이 차고 다니는 게 욕설처럼 느껴질 정도야. 이 보석을 손바닥에 올려놓고 무게를 느껴 보렴. 정말 인상적이지 않니?」

트레미에르는 덜덜 떨었다. 기억력이 좋지 않았던 그녀는 보석과 관련된 이야기를 해주는 할머니의 말 한 마디 한 마디를 가슴에 새겼다.

「이제 일어나 보렴.」

파스로즈는 넓은 침대 위에 보석을 하나씩 널어놓았다. 벨벳 침대보는 금과 보석들을 귀한 손님이라도 되는 것처럼 맞아들였다. 더블 침대 전체가 보석들로 뒤덮이자, 할머니는 커튼을 하나씩 꼼꼼히 쳐서 방을 태초처럼 깜깜한 상태로 만들었다.

「보렴.」

즉석 스테인드 글라스의 희미한 광채가 지하 예배당의 부조들처럼 마음을 뒤흔들어 놓았다.

「일본의 보석들은 어둠 속에서 감상할 수 있게 고안된다고 하더구나. 난 일본인은 아니지만 그 원칙이 이해가 돼.」

모든 빛이 사라지자, 암흑의 중간 높이에 영롱한 다색의 광채가 떠다녔다. 그것은 마술 램프의 영역에 속하는 것이었다.

「저 광채는 반사된 것일 수 없단다. 우리는 완전한

어둠 속에 있으니까. 다시 말해, 금과 보석들이 빛을 발하는 거야.」

트레미에르는 모든 것을 이해했다고 확신할 순 없었지만 할머니가 아주 아름다운 것들을 말하고 있다는 느낌이 들었다.

「내가 왜 네 엄마한테는 이 보석들에 대해 단 한 마디도 안 했는지 아니?」 파스로즈가 다시 커튼을 열어젖히며 물었다.

「아뇨.」

「누구든지 그랬겠지만, 네 엄마도 이런저런 질문을 해댔을 테니까. 이 보석들이 다 어디서 생긴 거냐, 값어치는 얼마나 되느냐고 물어 댔을 거야. 무엇보다 이것들을 은행 금고에 보관하라고 졸라 댔을 게야.」

은행이 무엇을 하는 곳인지 몰랐던 손녀는 보석함을 낯선 장소에 둔다는 생각에 인상을 찡그렸다.

「하지만 넌 결코 질문을 하지 않잖니. 질문을 하는 게 나쁘다는 말은 아니란다. 질문이 지성을 드러낼 수도 있지. 넌 질문을 하지 않는 고도로 지적인 태도를 가지고 있어. 난 네가 어느 누구에게도 이 보물에 대해 말하지 않으리라는 것을 알아.」

　잠시 침묵이 흘렀다. 아이는 대답하지 않는 것이 이상적인 대답일 수 있다는 것을 짐작으로 알았다.

　「내가 이 보석들을 은행에 맡기지 않는 것은 내가 이것들을 매일 보고 착용할 필요가 있기 때문이야. 나는 매일 밤 잠들기 위해 이것들을 착용한단다.」

　트레미에르는 침대 위에 널려 있는 것들을 바라보면서 그 수많은 보석들로 치장한 파스로즈의 모습을 상상해 보려고 애썼다.

　「잘 알려지지 않은 사실인데, 보석을 아름다운 상태로 보존하려면 가능한 한 자주 착용해 줘야 한단다. 여기서 착용한다는 것은 사랑한다는 의미란다. 사랑 없이 착용한 보석은 한순간에 빛을 잃을 수 있어. 내 눈으로 본 적이 있어서 하는 말이란다. 네 증조모가 단순한 허영심에 사랑하지 않는 남자에게서 다이아몬드를 선물받은 적이 있는데, 그 다이아몬드는 영원히 빛을 잃고 말았지. 그녀는 딱 한 번 그것을 착용했는데, 저녁 파티가 끝나 갈 무렵, 물병 마개가 그녀의 외알박이 다이아몬드보다 더 영롱한 빛을 발했단다. 애석하게도

그녀는 그것을 한 안트베르펜 사람에게 되팔아 버렸
지.」

트레미에르는 안트베르펜이 뭔지 묻고 싶었지만 할
머니가 조금 전에 질문하지 않는 자신의 태도를 칭찬했
기 때문에 다음에 사전에서 찾아보기로 마음먹었다.

「애야, 내가 너한테 가르쳐 주고 싶은 삶의 규범이 있
다면 이런 거란다. 절대 사랑하지 않는 남자로부터는
보석을 선물받지 말거라. 특히 그 보석이 네 마음에 들
경우에는. 그 보석이 널 용서하지 않을 테니.」

아이는 그런 규범이 언젠가 자신에게 쓸모가 있을지
확신할 수 없었다.

「간단히 말해, 네 엄마가 이 보물의 존재를 안다면 적
어도 보험을 들라고 졸라 댈 거야. 그러려면 감정을 받
아야 할 텐데, 오 끔찍하기도 하지! 자신의 보석들을
감정에 맡기는 것은 그것들을 사랑하지 않는다는 것을
증명하는 거란다. 난 매일 밤 착용하지 않으면 못 견딜
정도로 그것들을 사랑한단다. 내가 광채를 간직한 것
도 저것들 덕분이지. 네가 보기에도 내가 환하게 빛나
는 여자 아니니?」

트레미에르는 연신 고개를 끄덕여 인정했다. 그러고는 잠시 망설이다 말했다.

「할머니, 저 보석들로 치장한 할머니의 모습을 너무 보고 싶어요.」

파스로즈가 잠시 생각에 잠겼다.

「알았다. 오늘 밤 잠자리에 들기 전에 널 부르마.」

트레미에르는 넋이 빠진 상태로 그날 하루를 보냈다. 그날 아침 그녀가 바라본 것은 그녀가 살아오면서 봤던 그 무엇보다도 찬란했다. 식탁에 앉은 그녀는 아무것도 삼킬 수가 없었다. 파스로즈가 웃으며 말했다.

「네 표정이 마치 겁에 질린 것 같구나.」

손녀는 아무 대답도 하지 않았다. 사실이 그랬으니까. 그녀는 자신이 지나치게 사랑하는 것은 그녀 내부에 극도의 두려움을 불러일으킨다는 것을 알고 있었다. 할머니가 자신을 꼬옥 껴안아 주면, 엄마가 화장을 하면, 그녀는 두려웠다. 하지만 그 정도는 이해될 수 있는 것이었다. 그런 순간들은 사랑하는 사람들과 결합되어 있어 공포를 느낄 만한 뭔가가 있으니까. 그런데 트레미에르는 그 두려움이 다른 순간에도 끼어든다는

105

사실을 확인했다. 예를 들어, 백화점 향수 코너에서 우아한 달걀 모양의 향수병을 쳐다보고 있으면 쾌감과 두려움의 전율이 그녀를 사로잡았다. 그렇게 계속 바라보고 있으면 관능의 파동이 너무 강렬해져서 신음이 절로 터져 나오기도 했다.

밤이 되자 아이는 덜덜 떨며 할머니의 침실로 들어갔다. 곳곳에 촛불을 켜놓은 방안에서 아이는 신부복처럼 생긴 잠옷을 입고 화장대 앞에 앉아 있는 할머니를 발견했다. 아이는 거울을 통해 찬란한 빛을 발하는 그녀의 얼굴을 보았다. 다이아몬드 귀걸이와 에메랄드 목걸이가 그녀를 알 수 없는 먼 과거에서 온 것처럼 보이게 하는 마술적인 광채로 그녀의 이목구비를 에워싸고 있었다.

파스로즈가 아이를 향해 돌아섰다. 트레미에르는 그녀의 온몸이 보석으로 뒤덮여 있는 것을 보았다. 에메랄드 목걸이 아래 긴 금목걸이들이 층층이 늘어져 아름답고 눈부신 화환을 형성했고, 수많은 브로치들이 하얀 레이스를 수놓고 있었다. 양 손목에는 어떤 것들은 딱딱하고, 다른 것들은 금과 은으로 된 뱀처럼 유연한 보석들로 장식된 팔찌가 무겁게 걸려 있었다. 그리고 상아가 비잔틴의 보물들을 돋보이게 하듯, 손가락마다 반지가 끼워져 있었다.

노부인이 그날 아침에 했던 것처럼 아이에게 보석을 하나씩 소개하기 시작했다. 하지만 아이는 온몸을 사방으로 훑고 지나가는 두려움과 쾌감에 찢겨 그녀의 말에 귀를 기울일 수가 없었다. 아이는 신음하지 않기 위해 온 힘을 모았다.

아이는 자신이 어떻게 입을 열 용기를 냈는지 결코 알 수 없었다.

「할머니, 침대 위에 누워 보세요.」

그 요청이 놀랍기도 하고 재밌기도 했던 노부인은 벨벳 침대보 위에 몸을 뉘였다. 아이가 다가가 온 눈으로 바라보았다. 이제 금과 보석과 할머니는 완벽하게 결합되어 오로지 하나를 형성하고 있었다. 트레미에르는 보석을 착용한다는 것이 뭘 말하고자 하는 건지 이해했다. 파스로즈는 보석들을 사람처럼 착용하고 있었다. 보석들은 영원히 그것들을 착용할 자격이 있는 사람에게 착용됨으로써 생명력을 가졌다.

세월에 의해 퇴색된 피부는 보석과 귀금속의 광채를 이상적으로 반사했다. 한 여인의 얼굴빛을 누그러뜨리고, 젊은 아가씨들을 자연스런 아우라로 장식하는 그 과잉을 제거하는 데에 노쇠만 한 것은 없다. 예순 살이 되기 전에는 금이나 다이아몬드 장신구를 착용하는 일은 자제해야 하지 않을까.

「내가 미라처럼 보일 텐데, 안 그러니? 아니면 횡와상?」

그 낱말들이 뭘 뜻하는지 알지 못했지만, 아이는 할머니가 미지의 뭔가를 닮았다는 이유 때문에 고개를 끄덕였다.

「만져 봐도 될까요?」 아이가 감히 청했다.

「그러려무나.」

트레미에르는 하나가 된 노부인과 보석들을 손바닥으로 쓰다듬었다. 레이스의 따뜻함과 보석의 차가움 사이의 대비가 그녀를 황홀하게 했다.

「할머니는 너무나 아름다워요. 그런데 이렇게 하고 어떻게 주무세요?」

「꼼짝도 하지 말고 자야지. 습관의 문제야. 이제 난

내 보석들 없이는 잘 수가 없단다. 그들이 날 재충전시켜 주거든. 네 엄마한테는 아무 말 않을 거지, 그렇지?」

그런 비밀을 둘만 아는 것이 기뻐 아이는 흔쾌히 약속했다.

학교에서 가끔 다른 아이들이 그들의 할머니 얘기를 했다. 어느 날, 마이테가 자기 할머니는 잘 때 틀니를 뺀다고 말했다. 아이들이 일제히 웃음을 터뜨렸다. 트레미에르는 구석에 앉아 그 못된 아이에게 복수하지 않길 잘했다고 생각했다. 현실이 알아서 해주니까.

열다섯 살이 된 데오다는 더 추해질 방법을 찾아냈다. 그는 엄청나게 자랐고, 따라서 그의 괴물 같은 추함이 활짝 피어날 수 있는 더 많은 토양이 마련되었다. 그의 얼굴은 여드름으로 뒤덮였다. 게다가 그의 등이 심하다 싶을 정도로 굽어서 그의 엄마는 그를 병원으로 데려갔고, 의사는 척주 후만증을 진단했다.

「아드님은 꼽추가 되어 가고 있습니다.」

「요즘에는 꼽추가 없잖아요.」

「치료가 되니까 없는 거죠. 다만, 이 학생은 몇 년 동안 교정용 코르셋을 입어야 할 겁니다. 그렇게 하면 이 혹을 없앨 수 있을 거예요.」

「전 혹을 그냥 두고 싶어요.」데오다가 끼어들었다.

「코르셋에 대해서는 걱정 말게. 금방 익숙해질 테니까.」

「그것 때문이 아니에요. 자연이 온갖 혐오스런 것들로 저를 치장하기로 단단히 마음먹은 것 같아요. 전 그 계획이 마음에 들어요. 그래서 그것에 어깃장을 놓고 싶지 않아요.」

의사가 당황한 표정으로 데오다를 쳐다보더니 다시 입을 열었다.

「그야 자네 마음이니 뭐라 하진 않겠네. 하지만 꼽추는 끔찍할 정도로 고통스러운 질병일세. 몇 년 지나면 숨도 제대로 못 쉬고, 결국에는 죽게 될 거야. 그러니 코르셋을 착용하도록 하게.」

고통이 싫었던 데오다는 더 이상 군소리하지 않았다. 코르셋을 착용한 첫날, 그는 등을 꼿꼿하게 펴서 유지하는 감옥에 갇힌 것 같은 인상을 받았고, 그것이 몹시 피곤한 일이라는 것을 깨달았다. 좋은 점은 코르셋이 너무나 불편해서 낄낄대며 놀려 대는 반 아이들에게 신경 쓸 겨를이 없다는 것이었다.

「어이, 데오, 가장 못생긴 것으로는 성에 차지 않았던 모양이지? 가장 우스꽝스럽기까지 해야 했던 거야?」

두 아이가 그의 허리를 붙들고 있는 동안, 세 번째 아이가 속에 뭐가 있는지 보려고 그의 티셔츠를 걷어 올렸다.

「어라, 이게 뭐야? 구속복이야?」

「맞아.」데오다가 간결하게 대답했다.

「이걸 왜 입고 다녀?」

「경찰 말이 내가 극도로 폭력적이래. 이건 경찰 보안실과 연결되어 있는 감시 시스템이야. 말하자면 내가 너희의 면상을 박살 내고 싶은 충동을 억제하지 못하면 경찰이 곧장 출동하게 되어 있어. 안됐지만 아마도 너희를 구할 만큼 그렇게 빨리는 못 올 거야.」

아이들은 미심쩍어 하면서도 그를 끝까지 몰아붙이려고 하지 않았다. 데오다의 머릿속에는 어서 밤이 왔으면 좋겠다는 생각뿐이었다. 잠자리에 들 때야 허리에서 목까지 올라오는 그 코르셋을 벗어 버릴 수 있었으니까.

처음으로 그것을 벗었을 때, 해방감이 너무 커서 그

는 쾌감으로 신음했다. 그 후로 밤은 그의 가장 친한 벗, 유연함과 자유의 공간이 되었다. 그는 점점 더 일찍 잠자리에 드는 습관을 들였다. 사춘기의 묘한 꿈들이 그를 철새로 변신시켜 놓았고, 그는 물처럼 흐르는 것 같은 좋은 느낌과 함께 정말로 날아다녔다. 그렇게 그는 첫 몽정을 경험했다.

아침이 되면 그 거대한 일종의 깁스를 다시 차야만 했다. 몇 년 동안 그 경직의 상태로 지내야 한다고 생각하니 아득한 기분마저 들었다. 하지만 1주일이 지나자 그것이 조금씩 익숙해진다는 것을 깨달았다. 그는 코르셋을 저주하며 시간을 보내는 대신 이전처럼 교실 창문으로 참새들을 바라보며 몽상에 잠기는 자신을 발견하고는 깜짝 놀랐다.

며칠 후, 한창 수업 중에 돌돌 만 종이쪽지 하나가 그의 책상 위로 날아들었다. 눈치 챈 사람은 아무도 없었다. 그는 그것을 펼쳐 읽어 보았다.

데오,
널 더 잘 알고 싶어. 오후 5시에 〈담배 피우는 쥐〉

에서 만나.

삼.

사만타는 학교에서 제일 예쁜 여자애였다. 누가 그를 골려 주려고 허튼 장난을 친 게 분명했다. 데오다는 쪽지를 버리고 평소처럼 귀가해 버렸다.

이튿날, 사만타가 눈이 빨갛게 충혈된 채 학교 앞에서 그를 기다리고 있었다.

「어젠 왜 안 왔어?」

「내가 왜 가야 했는데?」

「내가 오라고 했으니까.」

「난 누가 날 놀리는 거 좋아하지 않아.」

「난 널 놀리는 게 아냐.」

데오다는 정색하고 그녀를 쳐다보았다. 그녀가 거짓말하는 것 같지는 않았다.

「오늘, 오후 5시, 담배 피우는 쥐.」 그녀가 말했다.

데오다는 당혹감 속에서 그날 하루를 보냈고, 오후 5시에 문제의 카페로 갔다. 사만타는 한결 마음이 놓이는 듯 보였다.

「네가 또 안 나올까 봐 조마조마했어.」

「나한테 원하는 게 뭐야?」

「쪽지에 썼잖아, 널 더 잘 알고 싶다고.」

「우리가 언제부터 같은 반이었지?」

「4학년 때부터.」

「그런데 왜 갑자기 날 더 잘 알고 싶어진 거야?」

「그 멍청이들이 널 공격했을 때, 네 반응이 너무 멋져
보였어.」

「내가 그들에게 말했던 거 거짓말이었어. 알고 있
지?」

「물론이지. 난 네 코르셋이 마음에 들어. 마치 갑옷
을 입고 있는 것 같아.」

「그것 때문에 날 더 잘 알고 싶어진 거야?」

「아니. 그건 내가 너한테 푹 빠졌기 때문이야.」

데오다는 너무 놀라 숨을 쉴 수가 없었다. 사만타는
이글거리는 강렬한 눈빛으로 그를 바라보았고, 온몸을
덜덜 떨고 있었다. 분명히 그녀의 고백은 농담이 아니
었다. 그는 그녀의 용기에 찬탄했다.

「왜 학교에서 가장 못생긴 나한테 푹 빠지게 된 거

야?」

「난 널 그렇게 보지 않아. 내 눈에는 네가 가장 지적으로 보여. 다른 애들은 꼬마들에 불과하고.」

「난 그들과 나이가 같아.」

「넌 그들과 완전히 달라. 너한테는 품격이 있어.」

「난 아무하고도 키스해 본 적이 없어.」

「내가 가르쳐 줄게.」

그녀가 그에게 가르쳐 줬다. 그는 큰 쾌감을 맛보았다. 그는 늦게 집으로 돌아갔다.

「왜 이렇게 늦었니? 걱정했잖아.」 에니드가 말했다.

「여자애랑 같이 있었어요. 그 아이, 집에 데려와도 돼요?」

「물론이지.」 그녀가 대답했다.

이튿날, 에니드는 아들이 사랑에 푹 빠진 것처럼 보이는 매력적인 여학생과 손을 맞잡고 집으로 들어서는 것을 보고는 깜짝 놀랐다.

「핫초코 타줄까?」 그녀가 아이들에게 물었다.

「됐어요. 사만타와 저는 제 방으로 갈게요. 우리에겐 내밀한 공간이 필요해요.」 데오다가 말했다.

에니드는 어안이 벙벙해 할 말을 찾지 못했고, 아들이 방문을 잠그는 소리를 들었을 때는 얼굴을 붉혔다. 그녀는 집안에서 얼쩡거리다 방해가 될까 봐 서둘러 아파트를 나섰고, 남편을 만나러 오페라 극장 구내식당으로 달려갔다. 그녀가 그에게 상황을 설명했다.

「끝내주는 녀석!」 오노라가 껄껄 웃으며 소리쳤다.

「그 애 나이 때 당신도 그랬어요?」 그녀가 물었다.

「나야 당신 같았지, 나의 에니드.」

「감히 집으로 못 돌아가겠어요.」

부모가 집으로 돌아갔을 때, 데오다는 혹부리오리의 이미지를 뚫어지게 바라보고 있었다. 오노라가 저녁 식사를 준비하기 시작했다. 에니드가 아들의 방으로 들어가 문을 닫았다. 그녀가 발갛게 상기된 얼굴로 아들에게 피임 도구를 사용하는지 물었다.

「그럼요, 엄마, 걱정하지 마세요.」 그가 어른스럽게 대답했다.

관계는 두 달간 지속되었다. 사만타는 얼마 안 가 까탈스럽게 변했다. 늘 뭔가 마음에 들지 않는 것이 있었다. 「넌 내가 없어도 금방 잘 지낼 거야.」 혹은 「내가 보고 싶기는 한 거야? 넌 그런 말 절대 안 해.」 혹은 「넌 나한테 시를 써주지 않아.」 혹은 「넌 왜 이젠 나와 함께 있으려 하지 않니?」 이 마지막 질문에 그는 이렇게 대답했다. 「네가 끊임없이 불평해 대니까.」 이 대답에 발끈한 그녀는 절교를 선언했다.

데오다는 생각했다. 〈이게 내 첫 번째 결별이로군.〉 그는 교제를 시작할 무렵을 떠올렸다. 〈그땐 정말 좋았는데.〉 그는 가슴을 에는 아픔을 느꼈다.

이튿날, 매력적인 여학생 세라피타가 그에게 야릇한 눈길을 보냈다. 그녀는 사만타와는 놀라울 만큼 달랐다. 그 이튿날, 데오다는 에니드에게 세라피타를 소개하고는 자기 방으로 데리고 들어갔다.

「넌 빨리도 갈아타는구나.」 사만타가 어떻게 그럴 수가 있느냐는 표정으로 말했다.

데오다는 정확히 그건 아니라고 생각했고, 상황에 맞는 표현을 찾아보았다. 그에게는 그것을 찾아낼 시간이 없었다. 세라피타가 와서 왜 벌써 옛날 여자와 놀아나느냐고 따졌으니까. 그들의 이야기는 시작되자마자 끝났다.

소라야, 쉴타나, 실바나가 뒤를 이었다. 모두가 그와 함께 그의 방으로 들어갔다.

에니드는 용기를 내 아들에게 일이 잘못되어 가고 있다고 말했다.

「제가 뭘 잘못했는데요?」 아들이 물었다.

「네가 바람둥이처럼 구는 게 마음에 안 들어.」

「제가 시작하거나 끝낸 적은 한 번도 없어요.」

「그렇다고 모든 애와 사귀어야 했니?」

「전혀 그렇지 않아요. 전 사귀자고 하는 여자애가 마음에 들 때만 응해요.」

에니드는 남편에게 이 말을 전하며 웃음을 터뜨리지 않을 수 없었고, 오노라 역시 껄껄 웃어 댔다.

학교에서는 남학생들이 돌아가는 상황을 당혹스러운 눈길로 관찰하고 있었다.

「전과(戰果)가 화려하군! 존경스러워, 친구.」 브랑동이 그에게 말했다.

데오다는 그저 그를 꼬나보기만 했다.

「어떻게 해야 하는지 금방 깨달은 모양이네, 여자애들을 계속 갈아 치우는 걸 보니.」 숭배자가 말했다.

「아냐, 매번 차이는 건 나야.」

「그럼 더 좋지. 하나를 잃고 열을 얻는 거니까.」

「정말이지 우둔함은 남성의 특징이라니까.」 데오다가 쏘아붙였다.

「이런, 너랑은 노력해도 아무 소용이 없다니까. 넌 여전히 상대하기 곤란한 녀석이야.」

「맞아, 네 패거리한테도 그렇게 전해.」

데오다는 왜 자신의 사랑들이 오래 지속되지 못하는지 생각해 봤다. 그는 이러한 상황에 힘들어하지는 않았지만 그것을 이해하려고 시도는 했다. 왜 여자애들의 열광은 그렇게 빨리 정반대로 변하는 것일까? 그가 못생겨서 그랬다면 그도 충분히 이해할 수 있었을 것이다. 하지만 그 애들이 그것 때문에 그와 결별하는 것이 아님은 분명했다.

불평의 순환은 매번 되풀이되었다. 그런데 그 이유는 끊임없이 변했다. 그것을 표현하는 방식도. 어떤 여자애들은 한탄을 시작한 다음에 그 이유를 찾는 것처럼

보였다. 그 결과 이처럼 간략하고 불분명한 대화들이
이어졌다.

「왜 그래?」

「너도 잘 알잖아.」

또는,

「뭐 안 좋은 일 있어?」

「나도 모르겠어.」

조만간 구실이 떠올랐고, 그것은 갑자기 엄청난 중
요성을 띠었다.

「난 [선택 사항:] 도무지 전화를 하지 않는, 전화를
자주 하는, 말을 거의 하지 않는, 근사한 식당으로 초대
하지 않는, 나랑 있는 것보다 새를 더 좋아하는, 어루만
지는데 책을 읽는, 등등을 하는 남자애랑은 계속 사귀
고 싶지 않아.」

처음에는 데오다도 항변했다. 하지만 그것은 상황을
악화시키기만 했다. 그는 머지않아 아예 입을 다무는
게 낫다는 것을 깨달았다. 결과가 안 좋긴 마찬가지지
만 수고가 덜 드니까. 어쨌거나 여자애들은 결국 그에
게 이렇게 말했다.

「넌 내가 얼마나 힘들어하는지 신경도 안 써!」

그것은 사실이 아니었다. 하지만 그는 도무지 이해할 수 없는 그 비탄을 위로해 줄 능력이 자신에게는 없다고 느꼈다. 그가 진정 사랑에 빠졌다면 아마 불가능한 것을 시도할 용기를 냈을 것이다. 그는 자신이 그렇지 않다는 것을 알았고, 따라서 시도조차 하지 않았다.

여자애가 그를 떠나면, 그는 이렇게 생각했다. 〈언젠가 나도 사랑하게 될 거야. 내가 사랑하게 될 여자, 난 그 여자를 구원할 거야.〉 가끔 은밀한 목소리가 쉽게 털어놓기 힘든 이러한 성찰을 슬그머니 끼워 넣기도 했다. 〈끊임없이 불평해 대지 않는 그런 여자를 만나면 좋으련만!〉

그는 자신이 확인한 사실을 이렇게 이론화했다. 저속한 것이 남성의 특징이라면, 여성의 특징은 불만족이라고. 물론 그게 그렇게 간단하지는 않았다. 남자들에게도 불만족이, 여자들에게도 저속함이 있을 수 있었다. 그래도 일반적인 경향이란 것이 있었다. 「외모 때문에 시련을 겪지 않았다면 아마 나도 저속한 남자애가 됐을 거야.」

가만히 생각해 보면, 불만족과 저속함은 동일한 힘, 다시 말해 욕망의 여성적, 남성적 버전일 수 있었다. 욕망이 초석, 정의, 원초적인 마그마를 구성했다. 무엇에 대한 욕망? 그것이 오로지 성적인 것이라면 해결하기가 더없이 간단했을 것이다. 하지만 겨우 열다섯 살인 데오다조차 섹스는 훨씬 더 크고, 훨씬 더 신비스러운 욕망의 일부에 지나지 않는다는 것을 깨닫고 있었다. 그것은 대상이 없는 욕망이 아니라, 수수께끼 같은 대상에 대한 욕망이었다.

성적인 욕망이 충족되면 다른 것을 욕망하게 된다. 많은 경우, 여자 친구가 가고 나면 데오다는 이런저런 새를 보고 싶은 미칠 것 같은 욕망에 사로잡혔다, 그래서 조류학 서적이나 판화에 달려들었고, 기대했던 도판을 찾으면 그것을 게걸스레 쳐다보았다. 그가 거미잡이새나 솔잣새를 관찰하며 느끼는 쾌감은 실제로 그들에게 가까이 다가가고 싶은 욕망을 불러일으켰다. 〈아아, 내가 실제로 가까이 다가가 그들을 관찰하게 된다면 그때는 과연 나에게 무엇이 남을까? 어떤 욕망이 그 욕망을 뒤따를 수 있을까?〉

아름다운 소녀는 예쁜 계집아이보다 훨씬 더 큰 증오를 불러일으킨다.

퐁텐블로 아디외 고등학교 2학년 여학생들은 평범한 소녀들이었다. 그들은 기회만 닿으면 아무 이유 없이 깔깔 웃음을 터뜨렸고, 인정사정없는 예리한 눈길로 서로를 관찰했다. 그들의 눈을 피해 갈 수 있는 건 아무것도 없었다. 이마에 난 여드름, 목에 남은 키스 자국, 새 브래지어, 행복에 겨운 표정, 자잘한 정보 하나하나가 밑도 끝도 없는 호기심을 불러일으켰다.

그들 중 절반은 사춘기를 겪으며 더 못생겨졌다. 호리호리했던 계집아이들은 몸이 불어 뚱뚱해졌고, 볼이 통통했던 아이들의 얼굴은 칼날처럼 각이 졌다. 매력적이었던 계집아이들도 시건방지게 입을 삐죽거려 보기 흉해졌다. 여드름의 함정을 피한 아이들조차 그랬다. 몸의 변모는 그들을 찬란함의 정점에 올려놓지 못했다. 거기에는 늘 전체를 망쳐 놓은 미숙함이 있었다.

그들이 이런저런 여학생과 친해지려고 애쓸 때 그 기준은 그들이 남학생들 사이에서 누리는 인기였다. 역설적이게도 그들은 남학생이 아니라 남학생과 사귀는 여학생을 사귀고 싶어 했다. 남자를 사랑하는 것, 그것이 어디로 이끄는지 그들은 알고 있었다. 남자들에게 사랑받는 여자를 사랑하는 것, 그것은 극도로 흥미로운 것에 대한, 아주 흥미진진한 욕구 불만으로 이끌었다.

사실, 그들은 무엇이 남학생들을 매료시키는지 이해하지 못했다. 그들에게 인기가 많은 건 가장 예쁜 여학생도, 가장 총명한 여학생도, 가장 상냥한 여학생도 아니었다. 그렇다고 쉽게 몸을 허락하는 여학생도 아니었다. 그것은 〈뭔가〉가 있는 것처럼 보이는 여학생들이었다. 정말 뭔가가 있든, 아니면 그런 신호를 보내든. 17세기였다면 〈나도 모를 무엇〉이라 불렀을 그 〈뭔가〉

의 성격에 관해서는 뭘 좀 아는 사람들이 더 많은 것을 말해 줄 수 있을 것이다.

어떠한 남학생도, 따라서 어떠한 여학생도 마음에 들어 하지 않는 여학생이 있다면, 그것은 트레미에르였다. 열다섯 살에 그녀는 이미 아디외 고등학교에서 월등하게 아름다운 여학생이었다. 길고 가느다란, 꿀이 흐르는 듯한 그녀의 머리카락은 허벅지까지 내려오는 천연 의복이었다. 크고 맑은 두 눈은 스포트라이트처럼 환하게 빛났고, 조각상 같은 얼굴은 그녀가 왜 말이 없는지 설명해 주었다.

그녀의 우윳빛 살결은 그녀에게 트레미에르 라 크레미에르[12]라는 별명을 가져다주었다. 아이들은 곧 그녀를 크레미에르라고만 불렀다. 사실대로 말하자면, 불렀다기보다는 그렇게 야유를 퍼부었다. 그녀는 절대 말하지 않았다. 어쩌다 그녀가 소리를 내면, 예를 들어 조심스레 재치기하거나 선생님에게 공손하게 대답하면 늘 누군가가 〈입 닥쳐, 크레미에르!〉라고 소리를 질렀고, 그러면 아이들은 일제히 폭소를 터뜨렸다. 그녀는

---

12 *Crémière*. 크림 그릇.

이러한 잦은 굴욕에 결코 반응하지 않았다. 아이들이 일찌감치 그녀가 한심할 정도로 멍청하다고 못 박아 놓지 않았다면, 이러한 무반응은 용기나 의연함으로 해석될 수도 있었을 것이다.

그녀의 크고 맑은 눈길에 대해 아이들은 그것이 텅 비어 있다고 말했다. 누군가 감히 그 속으로 뛰어들었다면, 그는 그것이 유례가 없을 정도로 관조적인 눈이라는 것을 보았을 것이다. 그만큼 그녀는 가시적인 아름다움을 찾는 데에만 열중했다. 그녀는 자신을 경멸하는 여학생들의 얼굴을 포함해 곳곳에서 그것을 염탐했다. 그러다 아름다움의 흔적을 발견하면 그것으로 가슴을 채우기 위해 유심히 살폈다.

남학생들은 그녀가 멍청하고 도도하다고 말했고, 여학생들은 그 말을 반복하며 즐거워했다. 그녀가 참을 수 없을 정도로 아름답다는 것은 아무도 모르지 않았지만, 그것은 그녀의 삶을 힘들게 만들 또 하나의 논거에 지나지 않았다. 자신을 누구로 착각하는 거야? 예쁘기만 하면 모든 게 허락되는 줄 아나 보지?

개학하고 두 달이 지났을 때, 환심을 사는 데 재능을

가진 남학생 하나가 전학 왔다. 검은 머리칼, 창백한 얼굴빛, 붉은 입술, 낭만적인 아름다움을 지닌 그 아이는 이름까지 트리스탕이었다. 유머와 우아함이 풍기는 말솜씨에 자신감과 배짱도 부족하지 않았다. 반 아이들은 만장일치로 그를 받아들였다.

어느 날 아이들은 트레미에르와 대화를 나누고 있는, 아니 그보다는 눈을 내리깔고 듣고만 있는 트레미에르 앞에서 독백을 하고 있는 그를 발견했다. 아이들이 그에게 말했다.

「그 멍청한 년한테 시간 낭비하지 마!」

「멍청하다니, 증거 있어?」

「수두룩하지. 우린 아주 오래전부터 저 앨 알았어. 저 애는 빗자루처럼 멍청해.」

마이테는 백묵으로 그린 원 얘기를, 또 한 아이는 수영장 놀이 얘기를 해주었다.

「그게 언제 적 얘긴데?」 트리스탕이 물었다.

「우리가 여섯 살 혹은 일곱 살 때.」

「그럼 꽤 오래전이잖아, 안 그래?」 전학생이 지적했다.

「저 애가 달라졌을 거라고? 저 애는 구제 불능이야.」

「너희들은 왜 저 애를 미워하니?」

「우리는 저 애를 미워하지 않아.」

「그럼, 너희들이 누군가를 미워하면 어떻게 하는데?」

「우리는 그냥 너한테 미리 알려 주고 싶었을 뿐이야. 저 애가 암소의 눈으로 널 바라보는 게 아무렇지도 않다면, 우린 상관없어.」

평범한 아이였던 트리스탕은 이러한 전반적인 증오에 약간 마음이 흔들렸다. 하지만 그래도 트레미에르의 아름다움은 계속 그의 눈길을 사로잡았다. 그는 스스로 이러한 추론을 펼쳤다. 〈어쨌거나 그녀는 한 번도 유급한 적이 없어. 그것이 그녀를 천재로 만들어 주진 않아도 적어도 그녀가 그렇게 멍청하지는 않는다는 걸 증명해.〉

따라서 그는 계속 그녀 뒤를 졸졸 따라다녔다. 그는 휴식 시간이 되면 그녀에게 다가가 말을 걸었다. 그녀는 선생이 칠판에 판서를 하는 동안 우연히 돌아보다가 자신을 빤히 쳐다보고 있는 트리스탕을 발견하곤 했다.

트레미에르는 그런 걸 한 번도 경험해 본 적이 없었

다. 같은 또래의 아이가 그녀에게 경멸감 외에 다른 것을 드러낸 건 생전 처음 있는 일이었다. 그것이 그녀를 극도의 혼란에 빠뜨렸다. 자기 자신을 너무 깊이 의심한 탓에 손쉬운 먹잇감이 될 수밖에 없었지만, 적어도 그녀는 입을 다무는 신중함을 보였다. 그래서 트리스탕은 그녀에게 첫 키스를 하면서 그 어느 때보다 격렬하게 전율했고, 자신이 진정으로 사랑에 빠졌다고 믿었으며, 아름다운 존재가 자신에게 주어졌을 때 열다섯 살 소년이 내뱉기 쉬운 돌이킬 수 없는 두세 마디 말을 하고 말았다.

그날 저녁, 트레미에르는 넋이 빠진 상태로 집으로 돌아왔다. 식탁에 앉은 그녀는 아무것도 삼킬 수가 없었다. 할머니는 그녀를 관찰하며 슬며시 웃었다.

「오늘은 너무 피곤해서 일찍 누울게요.」 그녀가 파스로즈에게 말했다.

「그래, 잘 자렴.」

11월 말이었다. 절망의 비가 내리고 있었다. 트레미에르는 창문들을 활짝 열어젖혔고, 그 자살자들의 하늘이 정말 아름답다고 생각했다. 그녀는 침대에 누웠고, 한기가 온몸을 파고들도록 내버려 두었다. 그녀는 얼굴을 붉히며 첫 키스의 순간순간을 떠올렸다. 점점 다가오는 트리스탕의 얼굴, 아름다운 눈을 덮고 있는 그의 눈꺼풀, 오로지 하나가 된 두 입이 벌이는 감미롭고 별난 짓거리, 그리고 트리스탕의 속삭임, 그녀가 현기증에 빠져들면서 점점 더 깊이 빨아들인 그 믿을 수 없는 말들.

트레미에르는 그 사건이 일으킨 파문에 밤새 뒤척였다. 그녀는 그녀 자신이 느끼는 것에 대해서는 자문하지 않았다. 그럴 필요가 없었으니까. 그녀의 몸이 그녀 대신 말했으니까. 그녀는 첫사랑의 최면 상태에 빠져 밤새 한숨도 자지 못했다. 아침에 일어났을 때 그녀는 전혀 피곤하지 않았다.

그녀는 욕실 거울을 보면서 자신이 아름답다고 생각했다. 트리스탕의 말들이 그녀의 머릿속에서 울려 퍼졌다. 그 말들은 그녀가 지금 거울을 통해 보고 있는 여자에게서 영감을 얻은 것들이었다. 그녀는 처음으로 자신이 다른 사람이 되어 그녀 자신을 발견하고 있다고 상상할 정도로 자신과 거리를 둘 수 있었다. 그녀는 두려움에 떨었다.

그녀는 트리스탕이 먼저 도착해 있는 학교로 달려갔다. 운명은 남학생 셋이 그녀보다 1분 먼저 도착해서 그를 붙들고 캐묻기를 원했다. 그녀가 반쯤 열린 교실 문 뒤에 숨어 엿들은 대화는 이랬다.

「어서, 말해 봐.」

「너희들하곤 상관없는 일이야.」

「빼지 말고 말해 보라니까. 너도 말하고 싶어서 입이 근질근질하잖아.」

「뭘 알고 싶은데?」

「크레미에르 그 계집애, 키스는 어떻게 하디?」

「키스를 처음 하는 여자애처럼.」

「첫 키스였대?」

「아마도.」

「처음 해보는 애랑 키스해 보니까 어떻디?」

「특별했어.」

「좋디?」

「별로였어.」

멍청한 킬킬거림이 울려 퍼졌다.

문 뒤에서 엿듣던 트레미에르는 얼음처럼 굳어 버렸다. 그녀에겐 어서 그 자리를 벗어나야 한다는 것을 이해할 힘밖에 없었다. 그녀가 그들의 대화를 엿들었다는 것을 그들이 안다면 굴욕감이 천배는 더 컸을 테니까.

　그녀는 추위와 고통으로 온몸이 경직된 채 운동장으로 뛰쳐나갔다. 그녀는 한 벤치에 쓰러지듯 앉아 이를 딱딱 부딪치며 부들부들 떨기 시작했다.

　10분 후, 트리스탕이 그녀를 발견하고 다가왔다. 그녀는 고개를 돌리고 그를 쳐다보길 거부했다. 그가 그녀를 안으려고 시도했지만, 그녀는 혐오스럽다는 듯 그를 밀쳤고, 그가 무슨 질문을 해도 대답하지 않았다.

　「여자의 변덕은 죽 끓듯 해서 여자를 믿는 자는 미친 놈이라더니.」 그가 말했다.

　설사 그녀가 말을 하고 싶었다 할지라도 이가 딱딱 부딪치는 바람에 그럴 수가 없었을 것이다. 비탄에 빠져 경련을 일으키듯 부들부들 떨고 있는 그녀를 바라보던 트리스탕은 그녀가 이성을 잃었다고 단정지었다. 〈그냥 정신이 나갔을 뿐인데, 사람들은 그녀가 멍청하다고 믿고 있어.〉 그녀를 두고 교실로 돌아가며 그는 생각했다.

트레미에르는 몽유병자처럼 그날 하루를 보냈다. 몇몇 선생이 이를 딱딱 부딪치며 덜덜 떨고 있는 그녀를 보고 걱정하자, 그녀는 팔짱을 끼고 웅크린 채 거의 알아들을 수 없는 목소리로 〈감기가 들었어요〉라고 속삭였다.

트리스탕은 그가 남학생 셋과 나눈 역겨운 대화를 트레미에르가 엿들었을 거라고는 짐작조차 하지 못했다. 게다가 그는 이미 그 대화를 까맣게 잊고 있었다. 변변찮은 사람들은 대개 모든 것을 자신에게 유리하게 생각해 버린다.

첫 휴식 시간 때 이미 학생들은 낌새가 이상하다는 것을 눈치챘다. 마이테가 달려와서 트리스탕에게 물었다.

「트레미에르하고는 벌써 끝난 거야?」

「보다시피.」

「무슨 일이 있었는데? 말해 봐!」

「너랑은 상관없는 일이야.」 퇴짜 맞은 여자의 평판을 보호하기 위해 마음을 쓰는 신사인 척하며 트리스탕이 잘라 말했다.

마이테는 얼씨구나 소식을 퍼뜨리러 달려갔다. 그 소식을 들은 아이들은 악의적인 농담을 늘어놓았다. 「어제만 해도 사랑에 미친 것 같더니! 그녀가 얼마나 멍청한지는 물을 필요가 없어. 트리스탕도 24시간이 채 안 되어 두 손을 들고 말잖아!」

유급을 한 한 여학생이 여자 화장실 거울에 비누로 〈미녀는 야수다〉라고 써놓으면 재미있겠다고 생각했다. 손을 씻으러 화장실에 들른 트레미에르는 그 낙서를 흘깃 쳐다보고는 아무렇지도 않은 표정으로 나가 버렸다. 숨어서 지켜보던 유급생은 트레미에르의 무반응에 당황한 나머지 크레미에르가 문맹이라는 확실한 증거를 잡았다며 떠들고 다녔다. 그 후로 아이들은 트레미에르에 대해 더는 한계가 없는 아무 얘기나 떠들어 댔다.

트레미에르가 이러한 소동에 무관심했다고 말하는 건 부족하다. 그녀는 고통의 심연에 빠져 그런 일이 벌어지고 있는지 알아차리지도 못했다. 수업이 끝나자, 그녀는 마지막 남은 힘을 모아 집으로 돌아갔다.

파스로즈는 좀비 하나가 들어오더니 곧바로 자기 방으로 올라가는 것을 보았다. 그녀도 따라 올라갔다. 감긴 눈꺼풀, 창백한 얼굴, 뻣뻣하게 굳은 몸, 트레미에르는 와상 환자의 역할을 준비하기라도 하듯 침대에 누워 있었다.

할머니는 이것저것 물어볼 필요가 없었다. 그녀는 손녀의 손을 잡고 얼음처럼 차가운 그녀의 고통을 함께 나눴다. 그녀는 손녀에게 사랑의 슬픔은 절대적인 통과 의례라고, 그것은 어느 누구도 비켜 가지 않는다고 말했다.

「내 장담하건대, 네 고통이 아무리 깊다 할지라도 머지않아 끝날 거야.」

「난 죽을 거예요.」

「넌 죽지 않을 거야.」

「할머니, 차가운 한기가 내 안에 자리를 잡아요. 내가 죽어 가는 느낌이 들어요.」

파스로즈는 손바닥으로 아이의 이마를 짚어 보고 확인차 체온을 재보았다. 36도. 그녀는 뜨거운 목욕물을 받아 놓고 손녀의 가벼운 몸을 안아 그곳으로 데려갔다. 목욕 후에는 칼바도스 몇 모금을 억지로 마시게 하고는 침대에 눕히고 깃털 이불을 겹겹이 덮어 주었다.

「추워요.」 아이는 이렇게만 말했다.

그러자 할머니는 마지막 카드를 사용했다. 그녀는 침대 속으로 들어가 꽁꽁 언 아이를 꼬옥 안아 주었다. 그녀는 단 한순간도 포옹을 풀지 않았고, 손녀의 귀에 대고 지칠 줄 모르고 속삭였다. 「죽지 마라, 죽지 마라.」 한 시간 후, 트레미에르는 마침내 오들오들 떨기 시작했고, 할머니는 그녀가 살리라는 걸 알았다.

파스로즈는 혹시 몰라 밤새 손녀 곁을 지켰다. 그들을 이어 주는 사랑이 너무 강해 잠도 그들의 포옹을 풀지 못했다.

잠에서 깨어난 트레미에르가 놀란 듯 말했다.

「절대로 살지 못할 것 같았는데.」

「주님은 사랑하는 자식을 잠재워서 돌보신단다.」 구약 시편을 알고 있는 할머니가 말했다.

「그럼, 할머니가 주님이고, 제가 사랑하는 자식인 셈이네요.」 트레미에르가 덧붙였다. 그들은 그들이 간단하다고 믿었던, 서로 사랑하는 두 사람이 되는 기쁨을 맛보며 오랫동안 침대에 머물렀다.

「학교에 가야 하지 않니?」 할머니가 물었다.

「오늘, 토요일이에요.」

「얘야, 네 상태가 한결 나아진 느낌이 드는구나.」

「마치 지난밤에 죽었다가 고통을 털어 내고 부활한
기분이에요. 할머니, 제 생각에 할머니는 샤먼인 것 같
아요.」

「아침 식사, 침대로 갖다줄까?」

트레미에르는 손뼉을 치며 좋아했다. 손녀의 방을
나선 파스로즈는 집안 공기가 평소와 다른 것을 느꼈
다. 그녀의 침실 창문들이 활짝 열려 있었고, 그녀의 보
석함은 사라지고 없었다.

노부인에게는 근근이 손녀 곁으로 돌아가, 그 옆에
쓰러지며 〈누가 내 보석을 훔쳐 갔어!〉라고 속삭일 힘
밖에 없었다.

트레미에르가 확인을 위해 달려갔다. 도둑은 틀림없
이 가까이 지내는 사람이었다. 다른 건 손끝 하나 안 건
드리고 보석함만 가져가 버렸으니까. 그것은 또한 도
둑이 파스로즈를 끊임없이 감시했다는 것을 의미했다.

왜냐하면 그날 밤이 그녀가 잠자기 위해 보석을 착용하지 않은 유일한 밤이었기 때문이었다.

〈이 모든 게 내가 사랑의 슬픔을 겪었기 때문이야.〉 할머니 곁으로 돌아가며 그녀는 생각했다. 할머니는 침대 위에 죽어 가는 여왕처럼 누워 있었다.

「경찰을 부를까요?」

「소용없을 거야. 불러 봤자 보석을 찾을 순 없을 거야.」

「누가 할머니를 지켜보고 있었어요. 떠오르는 사람 있으세요?」

「전혀. 하지만 놀랄 일도 아니지. 그 보석 중 몇 점은 세계적으로 유명한 것들이라 안 그래도 수집가들의 관심을 끌었단다. 그 얘기는 그만하자꾸나.」

노부인의 체온이 뚝 떨어졌다. 트레미에르는 지난밤 할머니가 자신을 구해 줬던 것처럼 자신도 할머니를 구하고 싶었다. 그녀는 할머니를 꼭 껴안고는 〈죽지 마세요, 죽지 마세요〉라고 반복했다. 하지만 고작 열다섯 살에 샤먼이 될 수는 없다. 게다가 파스로즈가 더는 삶에 집착하지 않았던 만큼 그녀를 구하는 것은 더욱 어려운 일이었다.

「이젠 내 보석도 없는데 살아서 뭘 하겠니?」

「그럼 저는요, 할머니? 저한테는 할머니가 필요해요.」

「넌 살게다, 내 아기. 너한테는 그럴 힘이 있어.」

트레미에르는 자신도 살고 싶은 욕망이 없다고 대꾸하고 싶었다. 하지만 미처 그럴 시간이 없었다. 노부인은 그 순간에 숨을 거두었다. 그녀의 눈길이 갑자기 꺼져 버렸다. 손녀에게 고정되어 있던 그녀의 두 눈에서 한순간에 모든 빛이 사라져 버렸다.

트레미에르는 아주 차분하게 로즈에게 전화를 걸어 할머니의 죽음을 알렸다. 그녀는 죽음의 정황에 대해서는 이야기하지 않았다. 사망 시 예정된 절차들이 진행되는 동안, 트레미에르는 파스로즈 곁으로 돌아가 그녀의 손을 잡고 말했다.

「할머니가 마지막으로 내뱉은 말은 힘이었어요. 그건 할머니에게 너무나 잘 어울려요.」

그녀는 할머니가 얼마나 진실을 말했는지를 느꼈다.

파스로즈에게 있던 힘이 이제 그녀의 혈관 속으로 흘러 들어 갔다.

그녀의 삶이 달라졌다. 이제 그녀는 오스테를리츠 역 근처의 아파트에서 부모와 함께 살았다. 그녀는 아디외 고등학교에서 파리의 한 학교로 전학했다. 퐁텐블로의 저택은 팔기 위해 내놓았다.

새 고등학교로 전학한 그녀는 이제 어떠한 평판에 시달리지 않아도 됐다. 그녀는 과묵한 여학생에 지나지 않았다. 급우들은 그녀가 특이한 행동을 하는 것을 보지 못했다.

보들레르를 공부하면서 선생이 수업 중에 소네트 「보석들」을 낭송한 날을 제외하고는. 선생이 〈…… 나는 열광적으로 좋아한다／ 소리와 빛이 뒤섞이는 것들을〉이라고 낭송하자, 트레미에르는 울음을 터뜨렸다.

대학 입학 자격시험을 치른 후에 똑똑하기로 유명한 모든 학생들이 고등 상업 학교나 파리 이공과 대학, 나아가 국립 고등 공예 학교, 국립 토목 공과 대학 혹은 파리 고등 광업 학교 진학을 시도했지만, 데오다는 소르본 대학에 들어가 생물학을 공부한 다음 조류학을 전공했다.

   그는 후투티 *huppe fasciée*를 주제로 박사 논문을 썼다. 놀라운 정도로 못생긴 그 젊은이에게 호기심을 느낀 교수들은 그에게 도가머리 리케[13]라는 별명을 붙여

---

13 *Riquet à la Huppe.* 도가머리 리케는 원래 *Riquet à la houppe*이다. *houppe*는 도가머리, *huppe*는 도가머리가 있는 새. 즉 후투티. 오디새를 뜻

주었다. 그는 도가머리*houppe*와 후투티*huppe*는 같은 낱말의 두 버전이므로 어원적으로 정확하다고 평하며 그 별명에 동의했다.

그 별명은 페로의 동화에 나오는 인물처럼 모든 사람, 특히 여자들이 그를 마음에 들어 한 만큼 그에게 더 잘 어울렸다. 시간이 가면서 그는 너무나 많은 여자들의 접근을 더는 받아들이지 않았고, 심지어 가까이 다가가기가 아주 어려운 인물이 되었다. 그런데 그것이 도리어 인기남이라는 그의 평판을 더욱 강화시켜 주기만 했다.

그가 스물세 살이 되었을 때, 그를 돌보던 의사가 지난 8년 동안 입었던 코르셋을 이젠 벗어 버려도 되겠다고 선언했다.

「병이 안정되었네.」 의사가 그의 등을 살펴보며 말했다.

「드디어 나았군요.」 데오다가 말했다.

「척주 후만증은 완치가 안 되네. 하지만 병이 더 악

한다.

143

화되지 않고 성장기가 끝났으니 그것만 해도 성공이
지.」

데오다는 그런 사실 확인을 기뻐할 수가 없었다.

「그런 표정 짓지 말게. 앞으로는 코르셋을 벗고 지낼
수 있게 되었잖아. 그것만 해도 희소식 아닌가?」

「제가 그리 마음에 들어 하지 않을 조항이 따라붙을
것 같은 느낌이 들어서요.」

「1주일에 다섯 시간씩 물리 치료를 받아야 할 걸세.」

「그것 보세요.」

「자네는 등 근육을 키워야만 하네.」 처방전에 물리 치
료사의 이름과 연락처를 적어 주며 의사가 결론지었다.

그의 등을 곧게 펴주었던 구속복을 벗고 병원을 나
선 데오다는 거리를 걸으며 현기증을 느꼈다. 두 시간
후, 그는 뭔가 문제가 있다는 것을 인정하지 않을 수 없
었다. 벌써 아쉬워지기 시작하는 갑옷을 빈약한 근육
으로 대신하느라 완전히 지쳐 버렸던 것이다. 앉은 자
세도 그에게 휴식을 가져다주지는 못했다.

그는 물리 치료사와 약속을 잡기 위해 전화를 걸었
다. 전화를 받은 비서는 레드 박사가 다음날 17시에 그

를 맞아 줄 거라고 말했다.

레드 박사는 진지해 보이는 아름다운 얼굴과 운동선수의 늘씬한 몸을 가진 30대의 네덜란드 여자였다.

그녀는 환자의 등을 찬찬히 살펴보았다. 그는 지식으로 가득한 그 큰 손의 접촉에 전율했다.

그녀는 거대한 거울과 마주하고 있는 다다미 위에 그와 함께 섰다.

「운동하는 방법을 가르쳐 줄 테니 따라 해보세요.」

데오다는 거대한 거울 앞에 서서 레드 박사의 동작을 따라 했다. 거울에 비치는 두 몸의 비교는 그에게는 굴욕적인 것이었다. 그가 조금의 동요도 보이지 않는 그 물리 치료사에게 금세 푹 빠지지 않았다면 그로 인해 수치심을 느꼈을 것이다.

50분 동안 운동한 후에 그녀는 그를 푹신한 가죽 침대 위에 눕게 하고는 등을 안마해 주었다. 그는 온몸을 마비시키는 쾌감을 맛보았다.

「안마가 영원히 멈추지 않았으면 좋겠다는 생각이 들었어요.」 그녀가 그를 일으켜 세워 그녀의 책상 앞에 앉게 했을 때 그가 말했다.

그녀는 아무런 표정 변화 없이 공책에 뭔가를 적어 나갔다.

「당신을 레드라고 부르지 말았어야 했어요.」[14]

「레드가 아니라 레이드라고 발음해요.」 그런 지적에 익숙한 듯 그녀가 대답했다.

그녀는 그에게 주중 매일 17시에 와서 한 시간 동안 물리 치료를 받으라고 약속을 정해 주었다. 헤어져 있는 걸 하나의 시련으로 여긴 그는 더 자주 만날 수 없는 걸 아쉬워했다.

「그것으로는 충분치 않을 거예요.」 그가 말했다.

「맞아요. 그러니 집에서 매일 20분씩 운동하세요. 내가 아까 가르쳐 준 것들을요.」

그것은 그가 기대했던 대답이 아니었다.

거리로 나온 그는 간판을 쳐다보았다. 동판에 〈S. 레이드 ─ 물리 치료사〉라고 적혀 있었다.

이튿날, 그녀처럼 신축 가공 직물로 된 진과 티셔츠를 입고 온 그가 준비 운동을 하는 동안 그녀에게 말했다.

「저한테 소중했던 여자들은 백이면 백 모두 S로 시

---

14 Leyde. 프랑스어로 발음이 같은 *laide*는 〈못생겼다〉는 뜻이다.

작하는 이름을 갖고 있었어요.」

그녀는 아무런 반응도 하지 않았다. 그는 머쓱했지만 말을 이었다.

「A로 끝나고.」

「양발을 평행이 되게 유지하세요.」

「이름이 뭐예요?」

「사스키아.」

그는 깜짝 놀랐다.

「정말 아름답군요! 그런 이름은 한 번도 못 들어 봤어요.」

「렘브란트 아내의 이름이 사스키아였어요.」

그 말이 그를 황홀경에 빠뜨렸다. 사랑에 빠진 사람에게 사랑하는 사람이 놀라운 이름을 가졌다는 걸 발견하는 것은 기사 서임식과 같은 가치를 지닌다. 결정 작용[15]은 사랑하는 여인이 사스키아냐 사만타냐에 따라 다른 방식으로 이루어진다.

15 스탕달이 사랑의 감정을 설명하기 위해 도입한 개념. 흔한 나뭇가지를 염전에 던져두면 소금 결정이 맺혀 아름답게 보이는 것처럼 사랑에 빠진 사람에게는 보잘것없는 대상도 결정 작용에 의해 아름답게 보인다고 한다.

「부탁인데, 집중하세요. 집에 가서 이 운동을 혼자 다시 해야 한다는 걸 기억하세요.」

그는 그녀가 지시를 내리는 부드럽고 중성적인 방식이 너무 좋았다. 그녀는 지시를 하는 데 익숙한 여자치고는 전혀 권위적이지 않았다. 어떻게 그 진중한 목소리, 그 신기한 억양을 끊임없이 듣고 싶어 하지 않을 수 있을까?

「내 몸을 보세요. 내 얼굴 말고.」 그녀가 다시 말했다.

그는 그러려고 애썼다. 물론 그녀는 늘씬하고 우아한 몸을 갖고 있었다. 하지만 자석처럼 그를 끌어당기는 것은 무엇보다 그녀의 얼굴이었다. 짙은 갈색의 피부와 머리카락, 이마를 덮는 머리카락을 남긴 짧은 커트(그가 전혀 좋아하지 않는 머리였지만 그녀에게 아주 잘 어울렸다), 넓은 눈꺼풀에 녹색 눈, 움직임이 없는 이목구비, 항상 진지하고 부드러운 표정, 환자가 무슨 말을 하든 개의치 않고 몸만 살피는 극도의 주의력.

안마를 받는 시간은 순수한 행복의 순간이었다. 그녀는 그를 만지고, 휘젓고, 주물렀다. 그리고 그는 그녀에게 자유롭게 말할 수 있었다.

「왜 프랑스에서 사세요?」

「프랑스 남자와 결혼했으니까.」

「파리에 온 지는 얼마나 됐어요?」

「8년.」

그는 그녀에게 이처럼 진부한 질문을 하는 게 부끄러웠다.

「저와 같은 병에 걸린 사람이 많나요?」

「점점 드물어지고 있죠.」

「저는 얼마 동안 당신의 치료를 받아야 할까요?」

「2년.」

「겨우?」

「2년이면 길죠.」

「저한테는 충분하지 않아요.」

「평생 집에서 매일 20분씩 운동하세요.」

치료는 침묵 속에서 계속 이어졌다. 〈2년. 그녀가 날 사랑하게 만들기 위해 나한테는 2년이라는 시간이 있어.〉 그는 생각했다.

그는 단 한 번도 한 여자의 사랑을 쟁취해야 했던 적이 없었다. 열다섯 살이 되었을 때부터 늘 여자들이 먼

저 접근해 왔으니까. 생애 최초로 먹잇감은 포식자의 역할을 짊어져야 했다.

데오다는 포식을 좋아하지 않았다. 그는 차라리 암컷을 유혹하기 위해 축소판 꽃동산을 창조하는 수컷 새의 혼인 퍼레이드에서 영감을 얻고 싶었다. 그래서 그는 치료를 받으러 갈 때마다 꽃집에 들러 그날그날 자신의 감정을 가장 잘 표현하는 꽃을 사는 것으로 만족했다. 사스키아는 정중하게 고마움을 표시하고는 선물을 화병에 꽂아 두고 치료를 시작했다.

「저하고 매번 똑같은 운동을 하는 게 피곤하지 않나요?」

「제 직업인걸요. 아뇨, 피곤하지 않아요.」

늘 한결같은 그녀의 모습이 그를 좌절시켰다. 그가 그녀와 대화를 나눌 수 있는 유일한 시간은 안마를 받을 때였다. 그것이 그를 슬프게 했다. 왜냐하면 그녀가 그에게 주는 쾌감을 말없이 즐기는 게 더 좋았으니까. 하지만 어떻게든 그녀의 관심을 끄는 데 성공해야만 했다.

「저는 조류학자예요.」 몇 차례 치료를 받은 후에 그가 선언하듯 말했다.

그는 이 선언이 일정 효과를 발휘하는 데 익숙했다.
그런데 사스키아는 그저 이렇게 대답했다.

「좋은 직업이네요.」

대답이 너무 시큰둥해서 말을 이어 나가기가 쉽지 않
았다.

「적어도 당신은 그게 무엇에 쓸모가 있는 거냐고 묻
지는 않는군요. 나를 화나게 하는 질문이거든요.

우리는 무엇이든 쓸모가 있어야 하는 사회에 살고
있어요. 그런데 〈쓸모가 있다〉는 동사는 〈뭔가의 노예
가 된다〉는 어원을 갖고 있죠. 그리고 자유의 개념을
구현하는 동물이 있다면 그것은 바로 새예요. 사람들
은 보통 조류학자가 조류의 보호를 위해 일한다고 생
각해요. 하지만 그건 그가 하는 일의 일부에 지나지 않
죠. 나는 인간에게 다른 실마리들을 제시하는 것도 조
류학의 임무라고 생각해요. 이 점에서 내 마음에 쏙 드
는 조류학자는 아시시의 성 프란체스코예요. 인간에게
새들의 무사태평을 제안했거든요. 그 무사태평에 대해
제대로 알지 못했다는 게 문제이긴 하지만 말이에요.
왜냐하면 사실 새들의 자유는 전혀 무사태평에 근거하

151

는 것이 아니기 때문이죠. 새가 우리에게 가르쳐 주는 것은 우리가 정말로 자유로워질 수 있기는 한데, 그것이 무척 어렵고 불안을 야기한다는 사실이에요. 새들을 보면 늘 주변을 살피죠. 공연히 그러는 게 아니에요. 자유란 원래 불안한 거예요. 우리와는 반대로 새들은 그 불안을 받아들여요.」

그가 입을 다물고 오지 않는 반응을 기다렸다. 사스키아는 안마에 열중하고 있었다.

「새를 연구하는 것은 근본적으로 다른 경험에 관심을 가지는 거예요. 사람들이 가끔 나한테 어떻게 하면 모든 것을 우리 인간의 관점에서 해석하는 경향인 의인주의를 피할 수 있느냐고 물어요. 오랜 세월 동안 새의 행동은 이해할 수 없는 것으로 남아 있었어요. 실수는 그것들을 번역하고자 하는 데에 있다고 할 수 있을 거예요. 그 불투명성을 존중하는 것도 멋진 일이에요. 그것이 또한 그 종에게 진정한 귀족의 기품을 부여해 주는 것이기도 하고요. 새의 행동 대부분은 쓸모가 전혀 없어요.」

배를 깔고 누워서 말을 할 때 불편한 점은 상대방의

표정을 볼 수가 없다는 것이다.

「내 얘기에 관심 없죠?」

「아뇨. 아주 교훈적이네요.」

〈교훈적〉, 그는 그 말을 참아 내기가 힘들었다. 〈교훈적〉, 그 말은 마치 욕설처럼 들렸다. 그는 안마가 끝날 때까지 입을 다물었다. 사스키아는 그 침묵에도 그의 독백과 마찬가지로 전혀 개의치 않았다. 그녀는 모든 것에 그런 반응을 보였다. 그가 아첨하든, 토라지든, 그녀를 현혹하려 시도하든, 꽃을 선물하든, 절망하는 표정을 짓든, 그녀는 이러한 그의 행동 변화들을 알아채지조차 못하는 것처럼 보였다.

반면에 그녀는 그의 등을 극도로 주의를 기울여 관찰했다. 어느 월요일, 그녀가 그에게 말했다.

「이번 주말에 운동을 안 했군요.」

「그래요.」

「앞으로는 잊지 말아요. 당신은 여생을 좌우할 근육을 만들고 있는 중이에요. 이틀 소홀히 했다가 훨씬 많은 시간을 잃게 되요.」

「난 꼽추가 되는 게 좋아요. 꼽추의 혹을 만지면 행

운이 온다잖아요.」

「꼽추들은 질식으로 일찍 죽어요. 당신이 원하는 게 그건 아니겠죠?」

「이탈리아 작가 에리 데 루카는 꼽추는 등에 날개가 돋아나고 있는 사람이라고 쓰고 있어요.」

「재치가 넘치긴 해도 틀렸어요. 제발, 내 지시를 심각하게 받아들여요.」

평소보다 열띤 물리 치료사의 어조에 고무된 데오다는 그녀에게 연애편지를 써도 되겠다고 생각했고, 편지를 써서 그다음 번 물리 치료가 끝날 때쯤 그녀의 책상 위에 올려놓았다. 그 다음날, 그녀는 평소처럼 친절하게 그를 맞아들였다. 그는 안마 시간까지 기다렸다가 그녀에게 말했다.

「내 편지 읽어 봤어요?」

「예.」

「어떻게 반응할 생각이에요?」

「보는 대로요.」

「내가 당신을 미친 듯이 사랑해도 당신은 안중에도 없군요.」

「난 그런 말 한 적 없어요.」

「그럼 뭐라고 했는데요, 정확하게?」

「아무 말도 안 했죠.」

「당신은 날 자살하게 만들 참이군요.」

「천만에요!」

「내가 자살하는 게 당신과 무슨 상관이죠?」

「당신은 내 환자잖아요.」

이 대답은 그를 경악시켰다. 그녀 역시 자신의 말에 그만큼이나 놀란 것처럼 보였다. 그는 물리 치료사의 방벽에 생긴 그 틈새를 잽싸게 이용했다. 그는 몸을 일으켜 그녀를 붙들고 입을 맞췄다. 그녀는 그가 입을 맞출 때도, 몸을 더듬을 때도 저항하지 않았다. 그녀가 오히려 적극적이라는 생각까지 들었다.

「환자라면 누가 이래도 받아들이세요?」

「처음이에요.」

「왜죠?」

「모르겠어요. 나 스스로 그 질문을 해볼 시간을 당신이 남겨 주지 않았잖아요.」

그것은 하나의 습관이 되었다. 1주일에 다섯 번, 치

료가 끝날 때쯤 그들은 안마 대신 사랑을 나눴다. 그가 마지막 환자였기 때문에 그렇게 해도 그녀의 일정에 방해가 되지 않았다. 그래도 마냥 그러고 있을 수는 없었다. 사스키아는 남편 곁으로 돌아가려 했다.

「그를 사랑해요?」

「당신과 상관없는 일이에요.」

「그럼 나는, 나는 사랑해요?」

「그것도 당신과 상관없어요.」

「아니죠, 아무리 그래도 약간은 있죠.」

그녀는 대답을 않고 가버리는 재능이 아주 뛰어났다. 데오다는 서둘러 발걸음을 옮기는 그녀를 바라보았다. 〈방울새야. 오로지 암컷 방울새만이 이런 짓을 할 수 있어. 다른 어떤 새도 이런 부정을 저지르진 못할 거야.〉 그는 조류의 습성에 비추어 그녀의 행동을 관찰했다. 우선은 그녀를 사랑하기 때문이었고, 다음으로는 그녀가 인간이 저지르는 불륜의 모든 규칙을 벗어났기 때문이었다. 사스키아는 분명히 양심의 가책을 느끼지 않았다. 그녀는 분열되어 있지 않았다. 안마 탁자 위에 함께 누워 있을 때, 그는 그녀가 그런 감정을 조금도 느끼지 않는 것을 분명히 보았다.

「이걸로 족해요? 날 좀 더 깊이 알고 싶지 않아요?」

그녀는 어깨를 으쓱했다. 그녀의 태도에는 조금의 경멸감도 없었다. 그녀는 그와 함께 잤다. 그게 다였다. 그게 무슨 큰일이라도 되는 양 호들갑을 떨 필요는 없었다.

그가 그녀에게 감탄하는 건 그 때문이었다. 그도 그녀를 본받아 방울새의 습성을 얼마나 갖고 싶었던지! 그는 비인간적일 정도로 균형 잡힌 그 여자에게 인간적으로 집착함으로써 고통을 겪었다. 그리고 그는 과거 여자 친구들에게 도대체 만족할 줄 모른다고 그토록 탓했던 자신을 저주했다. 그가 전형적으로 여성적인 결점으로 여겼던 것, 그리고 그가 지금 그것의 남성적인 버전으로 구현하고 있는 것을 사스키아가 조금이라도 드러냈다면 그는 아마 기뻐서 눈물을 흘렸을 것이다.

그랬다, 그는 그 관계가 전혀 만족스럽지 않았다. 게다가 그는 사스키아가 그걸로 만족해서 화가 났다. 그가 그녀에게 불만을 털어놓으면 그녀는 결국 그 자신이 그런 경우에 수천 번도 더 말했던 것처럼, 〈우리 끝

낼 때가 된 것 같아요〉라고 말했고, 그러면 그는 극심
한 고통을 맛보았다.

〈뿌린 대로 거둔다더니.〉 그는 이렇게 생각했다. 이
러한 생각은 그를 위로하기는커녕 더 큰 고통을 주었
다. 사랑하는 건 얼마나 끔찍한 일인지! 속담에 이르기
를, 〈사랑에 있어서는 늘 한 사람은 고통스러워하고,
다른 사람은 지루해한다〉고 했다. 그는 매번 지루해 하
는 쪽이었지만, 이제 공포에 질린 채 다른 역할을 발견
하고 있었다. 그는 지루함이 그리웠다. 너무나 우아하
고 달콤한, 그가 지금 겪고 있는 굴욕과는 무관한 그 태
도가 그리웠다.

「나하고 있으면 지루해요?」

「아뇨, 전혀.」

〈정상이야. 암컷 방울새니까. 그녀에게 인간적 감정
들을 투사하는 걸 그만둬야 해.〉

「그럼 내가 없으면 보고 싶기는 해요?」

깜짝 놀란 듯 방울새의 두 눈이 휘둥그레졌다. 그것
자체가 웅변적이고 절망하게 하는 대답이었다.

그는 자신을 사랑한 여자들에게, 가지지 못한 걸 한

탄하기보다는 가진 것을 보라고 수도 없이 말했었다. 그런데 이제는 도리어 자신이 그들의 신세가 되어 있었다. 〈정말 묘한 운명이지 뭐야! 어린 시절부터 새들에게 열광하고 있는데, 암컷 새 한 마리한테 푹 빠진 지금은 완전히 재앙이라니.〉

그래도 그는 그녀를 유혹하려는 시도를 끈기 있게 계속해 나가지 않을 수 없었다. 그녀와 함께 등 근육을 만들어 주는 것으로 여겨지는 운동을 할 때 그는 대화로 그녀의 마음을 사로잡으려고 시도했다.

그는 그녀에게 조류 보호 연맹에서 했던 강연에 대해 이야기해 주었다. 그는 알랭 부그랭뒤부르그와 그 동료들 앞에서 자신이 쓴 후투티에 대한 박사 논문의 내용을 발표했다. 그 새는 파라오들의 이집트에 아주 많이 서식했는데, 그 이상한 모습이 사람들의 경계심을 불러일으켰다. 그 새를 매 호루스의 적으로 보아야 했을까? 왕관을 빼닮은 벼슬로 파라오들의 권위를 조롱하는 것처럼 보이는 이 새를 모조리 잡아 죽이는 아주 심각한 계획이 세워진 가운데, 현자들 가운데 뽑힌 원로 제관들이 이 중대한 질문에 대해 토론을 벌이기 위해 모였다. 그런데 그 유명한 이집트의 열 가지 재앙 중 하나가 즐거운 시간을 갖기 위해 선택한 것이 바로 그 순간이었다. 메뚜기 떼가 수확물의 절반을 먹어 치웠고, 그 맛있는 곤충들을 보고 몰려든 후투티 떼가 그들을 먼저 잡아먹지 않았다면 분명히 나머지 절반도 무사하지 못했을 터였다.

그때부터 이 새에 대한 제관들의 생각은 180도 바뀌었다. 후투티가 파라오들처럼 왕관을 쓰고 있는 것은 조롱을 하려는 것이 아니라 정반대로 그것을 찬양하기 위해서였다. 그 새는 파라오들을 영원히 보호했다. 상, 하 이집트의 번영은 거기서 온 것이었다. 그렇다면 그 새를 신의 반열에 올려야 했을까? 아니었다. 왕조의 새 호루스가 이미 있었으니, 모든 것을 뒤섞어서도 필요하긴 마찬가지인 매들의 질투를 불러일으켜서도 안 되었다. 그래서 후투티는 신성화에 이어 두 번째로 중요한 서임을 받았다. 상형 문자가 되었던 것이다. 물론 그 새의 모습을 띤 상형 문자는 후투티가 아니라 — 그건 너무 단순했을 것이다 — 복잡하기 짝이 없는 그 언어의 문맥에 따라 〈보호〉나 〈식욕이 왕성한〉이란 형용사, 또는 말을 더듬는 사람들이 내는 소리 UPUPA를 흉내 내 그들을 놀릴 때 사용하는 그리 상냥하지 못한 용어를 의미했다.

데오다는 파라오들의 시대 이후로 조금도 변하지 않은 정부들에 대한 냉정한 조서(調書)로 자신의 논문을 마무리했다. 정치 지도자들이 새를 구해야 하는 구체적인 이유를 보지 못하는 한, 아무런 조치도 취해지지 않으리라는 것이었다. 하나의 종이 보호받기 위해 뭔가에 소용이 될 필요는 없다는 사실에 대해 아름답고 숭고하고 정의로운 연설을 목이 쉬도록 늘어놓는다 하더라도, 그것은 사막에서 설교를 하는 꼴이 되고 말 터였다. 정치인들이 귀를 기울이게 만들려면 그들의 언어로 말해야만 했다. 후투티가 박멸당하지 않고 살아남은 것은 그 덕분이었다. 메뚜기 떼의 침략은 여전히 시사성을 띠고 있었고, 정부들을 공포에 떨게 만들기에 그만한 것도 없었다.

「그래서 내가 스물다섯 살의 나이에 조류 보호 연맹 파리 지부를 맡게 된 거예요.」

「파리에 후투티가 있어요?」

「아뇨, 하지만 조류 보호 연맹에 후원금을 내달라고 설득할 수 있는 상류층[16] 사람들이 있죠.」

알랭 부그랭뒤부르그는 미디어에 출연할 때는 추한 외모로 사람들의 눈에, 웅변으로 사람들의 정신에 강한 인상을 남기는 이 청년을 습관적으로 대동했다. 얼마 지나지 않아 데오다는 무시할 수 없는 유명세를 얻었다. 그는 모든 사람을 사로잡았다. 자신의 물리 치료사만 빼고.

그는 이런 추론을 하는 자신을 탓했다. 그녀는 그에게 빚진 게 아무것도 없었다. 게다가 그녀는 그에 대해 충실하게 행동했다. 그녀는 그에게 그 무엇도 약속한 적이 없었다. 성실한 그녀는 웃으며 그를 맞았고, 잘 가라고 인사를 할 때도 웃어 주었다.

「사스키아 렘브란트의 초상화를 봤어요. 당신처럼 우아하진 않더군요.」 어느 날 저녁 그가 그녀에게 말했다.

「취향이 달라져서 그래요. 난 갈색 머리에 키가 크고 호리호리해요. 그 당시 사람들은 날 못생겼다고 생각

---

16 후투티는 *huppe*, 상류층 사람들은 *huppe*처럼 벼슬이 있는 사람들, *gens huppés*.

했을 거예요.」

「렘브란트가 아내를 사랑했는지는 확실치 않아요.」

「누군가가 자신의 아내를 사랑했다고, 혹은 사랑하지 않았다고 어떻게 단언할 수 있죠?」

데오다는 그 주제를 더 깊이 파고들 수도 있었을 것이다. 하지만 그는 그 수수께끼 같은 질문에 대해서는 아무 말도 않기로 마음먹었다. 그의 마음에 드는 의미로 해석할 수 있는 질문이었으니까.

「왜 나는 수술을 안 해줬을까요? 요즘은 꼽추로 진단이 내려지면 어릴 때 수술을 하는 것 같던데요?」

「당신은 진단이 내려졌을 때 이미 열다섯 살이었어요. 수술하기에는 너무 늦었죠. 게다가 당신의 척추 후만증은 그리 심하질 않았어요. 가벼운 치료만으로도 충분했죠.」

그녀가 웃으며 말했다.

「뭐가 더 힘들어요? 코르셋과 나, 둘 중에?」

「당신이요. 코르셋은 밤이면 벗기라도 하지만 당신은 밤에 가장 많이 느껴져요.」

「날 느낀다니, 그리 나쁘진 않군요.」

「당신을 느낀다는 말은 당신의 결핍을 느낀다는 뜻
이에요.」

「결핍은, 그것이 채워지리라는 걸 알 때에는 좋은 거
예요.」

「한 번도 채워진 적이 없어요.」

「너무 징징대지 말아요. 당신이 그렇게 불행한 건 아
니니까.」

그는 더 이상 졸라서는 안 된다는 것을 알아차렸다.
그녀는 그에게 몸을 맡기는 걸 언제든지 그만둘 수 있
었다. 그녀와 함께 자는 것, 그에겐 그것으론 충분하지
않았다. 하지만 더는 그녀와 자지 못한다면 사정은 천
배는 더 나빠질 터였다. 치료가 끝나면 우린 어떻게 되
죠? 그는 뇌리를 맴도는 이 무시무시한 질문을 감히 그
녀에게 던질 수 없었다. 능히 짐작할 수 있는 답변이 너
무나 두려웠기 때문이었다.

그러는 사이, 아슬아슬한 사랑이 주는 견딜 수 없는
불안감에 휘둘리면서도 그는 그녀가 그에게 주는 것을
음미했다. 이상하게도 그가 특히 좋아한 것은 그들이
사랑을 나누는 순간들이 아니라, 운동을 하면서 그녀

가 못 움직이게 하거나 지시를 내리거나 확인하기 위해 그의 등을 만지는 순간들이었다. 어느 날, 지칠 대로 지친 환자를 독려하기 위해 그녀가 그의 손을 쥐었다. 그러자 너무나 격렬한 쾌감의 일렁임이 온몸을 관통하는 것을 느낀 그는 손을 어떻게 해야 할지 몰라 슬며시 빼고 말았다.

그의 자세나 움직임이 만족스러울 때, 사스키아는 부드러운 목소리로 이렇게 말했다.

「좋아요. 아주 좋아요.」

그럴 때면 데오다는 그때까지 겪어 보지 못한 기쁨, 혐오감이 전혀 없는, 그의 추한 외모와 평판에 초연한 요정의 진정한 눈길에 관찰당하는 아이의 기쁨을 맛보았다. 그는 그 여자가 그를 정당하게 평가해 준다는 것을 의식했고, 그의 가슴은 그녀에 대한 고마움으로 넘쳐 났다.

그녀가 그녀의 주말에 대해 얘기해 줬으면 하는 헛된 희망을 품고, 그는 그녀에게 자신의 주말에 대해 이야기했다.

「난 이제 더는 조류 보호 연맹의 〈버드워칭〉 탐험에

참여하지 않아요. 새들을 관찰할 때 난 혼자 있는 게 좋아요. 그래서 다른 인간들과 텐트 속에 틀어박히거나 폴란드 박새에 대한 그들의 횡설수설을 억지로 듣는 일은 거의 없죠.」

「파리를 벗어나는 일이 드물어요?」

「파리의 새들은 날 황홀하게 해요. 그들이 그리 다양하지 않은 건 전혀 중요하지 않아요. 참새들을 정말 좋아하면 한 마리 한 마리 다 알아보게 돼요. 내가 관찰하는 건 더 이상 참새가 아니라, 샤를, 막심, 혹은 조제핀인 거죠. 우리 종을 무시하는 그들의 한결같은 태도가 나를 매료시켜요. 그들은 우리의 풍속을 몰라요. 우리가 흘린 부스러기와 섬유를 이용할 뿐이죠. 진정한 파리지앵은 인도(人道)가 새똥 천지라고 불평하는 사람들이 아니라 참새예요. 파리를 사랑하고 싶으세요? 그렇다면 인간은 잊은 채 이리저리 날아다니고 폴짝폴짝 뛰어다니는 것만 바라보세요. 가끔 난 노트르담 성당 사제관 정원에 거주하는 참새 암컷 한 마리를 눈으로 좇으며 주말을 보내기도 해요.」

「그 참새도 당신을 알아봤겠네요.」

「그러지도 않아요. 당신이 관찰하는 존재의 눈에 전혀 띄지 못하는 게 오히려 은총인 경우도 있어요.」

그 〈~인 경우도 있다〉에는 부각되지 않은 수많은 암시들이 감춰져 있었다. 어느 날 저녁, 사랑을 나누고 옷을 다시 입고 있는데 사스키아가 그를 물끄러미 바라보았다. 그가 떠나려는 순간, 그녀는 그것이 마지막 치료라고 말했다.

「하루 20분 운동은 앞으로도 계속해야 할 거예요.」

올 것이 오고야 말았다는 생각에 데오다는 입이 떨어지질 않았다.

「이제 두 번 다신 못 보는 건가요?」

「재활 치료는 끝났어요.」

「하지만 난 낫지 않았어요! 난 당신 없이는 살 수 없다고요!」

그녀가 한숨을 내쉬고는 다정하게 그의 손을 잡으며 말했다.

「운동을 소홀히 하게 되더라도 딱 하나, 가장 간단한 건 꼭 해요. 손바닥으로 벽을 짚고 등이 곧게 펴지게 팔을 굽혔다 펴는 거요. 바보 같아 보이긴 해도 그 운동이 당신을 구할 수 있어요.」

　거리로 나오자, 그녀는 그의 뺨을 어루만져 주고는 돌아서서 가버렸다. 데오다는 그 자리에 못 박힌 듯 하염없이 서 있었다.

　마침내 집으로 돌아온 그는 침대에 쓰러졌다. 〈똑바로 서기 위해 8년 동안 코르셋을 착용하고 2년 동안 집중적인 재활 치료를 받았는데, 결국 서 있지도 못하게 되다니!〉

　그는 침대 머리맡에 두고 보았던 렘브란트에 관한 두꺼운 책을 집어 들고는 그를 구해 줄 수도 있을 비밀을 찾기 위해 뒤적였다. 아뿔싸, 페이지를 아무리 넘겨도 아름다움은 무정하게 입을 다물었다. 그때 문득 그는 2년 전에 그의 머릿속에 떠올라야 했을 질문이 떠올랐다. 〈이 빌어먹을 네덜란드인이 새를 그린 적이 있기나 할까?〉

　그가 가진 책에 렘브란트의 작품이 총망라됐는지는 알 수 없었지만, 그는 조류가 그려진 그림은 단 하나밖에 찾아내지 못했다. 그것은 「극락조와 동방인의 초상」

이라 불리는 그림을 위한 인물 습작이었다. 게다가 무심한 동방인 앞에 있는 그 새는 죽어 있었다. 〈진작 봤다면 이 습작이 내 눈을 뜨게 해줄 수도 있었을 텐데.〉그는 눈물을 쏟으며 이렇게 생각했다.

그림 제목에 나와 있지 않았다면, 그는 죽어 있는 그 작은 새가 극락조라는 걸 알아보지 못했을 것이다. 〈아마도 때까치〉, 아니 그보다는 지옥의 새라고 생각했을지도. 적어도 렘브란트는 새를 그릴 생각을 하지 않았다. 데오다는 많은 화가들이 새를 한 번도 그리지 않았다는 사실에 늘 놀라움을 금치 못했다. 그처럼 새를 강박적으로 좋아하지 않는 건 충분히 이해할 수 있었다. 하지만 새는 우리가 매일 마주치지 않을 수 없는, 눈을 들어 하늘을 올려다보기만 해도 볼 수 있는 유일한 동물이었다. 새를 그리지 않는 것은 하늘을 그리지 않는 것만큼이나 부조리한 거부의 한 형태였다.

그는 그 현상을 라스코의 배은망덕이라 불렀다. 그 유명한 동굴의 걸작들은 훌륭한 짐승들, 들소, 말들을 보여 준다. 일상에 속하는 순록이나 새들은 눈을 씻고 찾아봐도 없을 것이다. 결국 찾아낸다 해도, 그것들은 가장 하찮은 피조물, 즉 인간만큼이나 간략하게 그려져 있다. 예술은 놀라운 것에 특권을 부여하는 자연스러운 경향을 가지고 있다.

〈이제부터는 방울새 없이 사는 법을 배워야만 해.〉 그는 자신의 처지를 명확하게 인식했다. 그는 또 다시 눈물을 쏟았다. 사스키아는 한 번도 사랑이란 말을 입에 담지 않으면서도 그가 예전에 만났던 모든 여자들보다 한없이 더 많은 것을 그에게 주었던 것이다.

사람이 사랑의 슬픔을 된통 겪고 나면 아주 오랫동안 독신자로 남거나 곧바로 결혼해 버린다. 데오다는 서둘러 결혼하는 바보짓을 저질렀다.

그는 늘 여자들에게 인기가 좋았다. 그의 명성도 상황을 악화시키는 데 한몫했다. 그에게 사랑한다고 말한 첫 번째 여자가 점지를 받았다. 그가 사스키아의 입에서 그 말을 듣기를 너무나 바랐기 때문에 새 여자가 그 말이 가진 마력의 혜택을 보았다.

결혼식 다음 날부터 세레나는 다른 언어를 사용했다. 그것이 목소리의 극단적인 변화를 이끌어 오지 않았다면, 데오다도 오히려 그것을 재미있어 했을 것이

다. 그녀가 〈이런 빌어먹을, 내 신발이 어딜 간 거야?〉
라고 외쳤을 때, 그는 〈자기, 내 삶을 자기 손에 맡길
게〉라고 자신에게 말했던 여자의 발성을 전혀 알아보
지 못했다.

그것이 가끔 있는 일이었다면 그나마 참을 만했을
터였다. 그런데 세레나는 남편 앞에서 더는 다른 식으
로 말하지 않았다. 하지만 남편을 가장 어이없게 만든
것은 제3자가 출현하기만 하면 곧바로 아내의 목소리
가 그를 매혹시켰던 우아하고 기품 있는 것으로 되돌
아간다는 사실이었다.

그가 감히 그 주제에 접근했다.

「뭐야, 결혼한 지 이틀밖에 안 됐는데 당신 벌써 싫증
난 거야?」 그녀는 이렇게 소리쳤다.

그는 잘난 체하는 여자에 대해서는 유감이 없었지만
빽빽 소리를 질러 대는 여자 생선 장수는 질색이었다.
그 말투는 예전 아낙네들의 헤어롤러와 일치했다. 말하
자면 여자들은 일단 결혼하면 머리에 분홍색 플라스틱
헤어롤러를 잔뜩 꽂은 채 남편 앞에 나서는 걸 주저하
지 않았다. 데오다는 그것을 언어적 헤어롤러라고 불

렸다.

남들에게 사용되는 언어와 그에게 배정된 언어 사이의 대비 효과만 문제가 되는 것은 아니었다. 그 언어적 헤어롤러에는 과장된 한숨, 하늘을 향해 치켜뜨는 눈, 영원한 피로 등, 결혼 생활이 지겨울 때 나타나는 모든 증상들이 동반되었다. 그것은 기분 좋은 일이 아니었다.

「당신, 결혼한 지 3일 지났는데 벌써 이러니, 석 달 후에는 과연 어떻겠소?」

「이런, 또 시작이네!」

「이혼합시다.」

이 계획에는 어떻게든 꿋꿋이 버텨야 한다는 남편의 결의를 더욱 확고히 다져 준 욕설 세례가 뒤따랐다. 이혼 절차를 맡은 변호사가 그들의 결혼 날짜를 보고는 한마디 했다.

「신기록입니다.」

다행스럽게도 그 젊은 부부는 아파트는 물론이고 다른 아무것도 아직 장만하지 않은 상태였다. 둘이 나눌 것이라곤 이상한 추억 외에는 아무것도 없었다.

어느 화창한 아침, 데오다는 등이 조이는 끔찍한 통

증을 느꼈다. 커피 잔을 앞에 놓고 홀로 진땀을 흘리던 그는 사스키아의 마지막 말을 떠올렸다. 그는 일어나 팔을 쭉 펴서 벽을 짚고는 등을 곧게 펴지게 팔 굽혀 펴기를 계속 반복했다. 그렇게 5분 정도 지나자 통증이 사라졌다.

그는 다시 앉아 커피를 마저 마시며 큰 만족감을 맛보았다. 이제 생선 장수를 떨쳐 버린 그에게는 사랑했던 여자를 마음껏 생각할 수 있는 여유가 있었다. 사스키아에 대한 미련으로 더 이상 허우적대지 않기 위해 그 지랄 같은 결혼이 필요했다면 그로서는 한탄할 게 전혀 없었다.

변변찮은 성적으로 대학 입학 자격시험을 통과한 트레미에르는 곧바로 일을 시작하기로 마음먹었다.

공부를 하고 싶어 하지 않는 아름다운 아가씨는 숱한 빈정거림의 대상이 된다. 기껏해야 뭔가를 아는 듯한 미소를 지으며 생각 잘했다고 말해 주는 게 고작이었다.

로즈가 남편에게 걱정을 털어놓았다.

「우리 딸 키가 1미터 70이야. 그래서 모델이 될 수는 없어. 저 아이가 뭘 해서 생활비를 벌겠어?」

「계획이 있는 것 같던데.」 리에르가 대답했다.

그의 말은 사실이었다. 엄마의 화랑을 드나드는 손

님들 중에 방돔 광장의 유명한 보석 상점 트레뷔셰의 실력자가 있었다. 한 베르니사주에서 트레미에르는 그에게 이렇게 말했다.

「당신 회사 광고들을 유심히 살펴봤어요. 손이나 목 전문 모델들을 쓰시더군요. 전 열여덟 살이고, 제 얼굴은 한 번도 세상에 드러난 적이 없어요. 어쩌면 트레뷔셰 보석 상점의 상징이 될 수도 있을 거예요.」

사업가는 보석계의 아주 특별한 상술에 대해 그녀에게 대답할 거리가 얼마든지 있었지만 그것을 포기했다. 트레미에르의 배짱이 마음에 들었던 것이다. 멍청하기 짝이 없다는 그녀의 평판은 아직 그의 귀에 들어가지 않은 상태였다. 게다가 그녀는 특별한 광채를 띤 피부를 갖고 있었다. 그 진주모빛은 금과 은을 부르고 있었다. 한번 시도해 본다고 해서 손해 볼 게 뭐가 있겠는가? 그는 그녀와 약속을 잡았다.

보석 상점 점원들이 여러 점의 보석으로 그녀를 치장해 주었을 때, 그녀는 쾌감으로 전율하면서도 가능한 한 그것을 감췄다. 아무리 그래도 그녀를 찍은 사진에서는 그것이 발산되었다.

「귀걸이 한 세트와 목걸이 하나가 사람을 이렇게 바꿔 놓다니! 알고 있어도 소용이 없어. 매번 놀라게 되니까.」 실력자는 이렇게 말했다.

트레미에르는 그저 웃기만 했다. 그녀는 그것이 훨씬 더 신비스러운 현상이라는 걸 알고 있었다. 그녀는 아름다운 보석들로 치장하는 것이 사실 하나의 예술이라고, 그 예술의 극치에 도달하기에는 자신이 아직 너무 어리다고 말하는 걸 삼갔다.

「뭔가 놀라운 일이 벌어지고 있어.」 그녀의 사진을 보았을 때 트레뷔셰의 회장은 그냥 간단하게 이렇게 말했다.

광고 캠페인은 큰 반향을 불러일으켰다. 알려지지 않은 얼굴의 우아함만으로 그 예술 작품들이 그토록 돋보이다니 정말 놀라운 일이라며 사람들은 신기해했다. 파리 사람들이 서로 물어 댔다. 저 아가씨, 도대체 누구야? 보석의 광채를 돋보이게 하는 데 최적화된 저 얼굴, 최면을 거는 것 같은 저 눈길이 누구의 것일 수 있을까?

트레뷔셰는 절차를 존중했다. 그들은 규정으로 정해

176

진 기간에 비밀을 지킨 후에 그 젊은 아가씨를 미디어에 넘겼다. 그 순간은 언제나 위험을 나타낸다. 마술이 일어날까? 아니면 대중이 실망할까? 파종이 추수로 이어질까?

어릴 적 그녀의 주된 결점 중 하나였던 이름이 대중을 매료시켰다. 덕분에 그녀는 처음부터 성을 가지지 않아도 되었다. 나머지도 마찬가지였다. 트레미에르는 대답을 거의 안 하는 재능을 갖고 있었다. 그녀는 세상 사람들이 아름다움을 얼마나 증오하는지를, 그들이 원하는 것은 그것을 멍청함으로 바꿔 놓는 것뿐이라는 것을 겪어 봐서 알고 있었다. 그녀는 그럴듯한 전설을 지어내지 않았고, 대중 앞에 서는 게 자신의 생각이었다는 것도 감췄다. 이렇게 해서 그 얼굴을 어디서, 어떻게 발견했는지 말해 달라고 조르는 사람들에게 트레뷔셰의 회장은 〈어느 날 저녁 파티에 갔다가 아리따운 아가씨가 혼자 너무 따분해하는 것 같아서 말을 걸게 됐다〉고, 거기서 그녀가 자신의 뮤즈가 되리라는, 다른 뮤즈는 없으리라는 계시를 얻게 됐다고 말해 줄 수 있었다.

사람들은 그 이야기를 마음에 들어 했다. 사람들은

트레미에르를 사랑했다. 그녀는 다른 모든 제안을 거절함으로써 영리하게 처신했다.

「당신이 보석을 착용하면 뭔가 남달라 보이는데, 그걸 어떻게 설명하시겠습니까?」 사람들이 물어 댔다.

「저는 사랑으로 보석을 사랑한답니다.」

그녀는 누가 그녀에게 그 사랑을 가르쳐 주었는지는 이야기하지 않았다. 그것은 그녀하고만 관계된 것이었다. 로즈조차 파스로즈의 비밀에 대해서는 아무것도 몰랐다.

「사랑으로 보석을 사랑한다, 좀 지나친 것 아닙니까? 보석은 어쨌거나 보석일 뿐이잖아요.」

「사랑한다는 것은 과대평가가 아닙니다. 어떤 보석들은 저에게 아무런 영감도 주지 않아요. 보석의 가치를 이루는 것은 그것이 불러일으키는 사랑이에요. 어떤 예술가들은 금속이나 돌에 영혼을 불어넣을 수 있답니다. 그보다는 그것들의 영혼을 드러내는 방식으로 그것들을 세공할 수 있는 거죠. 영혼을 가진 보석과 그것을 착용하면서 그 영혼을 떨리게 하는 사람 사이에 일어나는 일, 그게 바로 사랑이라 불리는 겁니다.」

「그래서 어떤 장신구들을 몸에 걸치고 포즈 취하는 걸 거부하시는 겁니까?」

「물론이죠. 변덕을 부리는 게 아니라, 어떤 것들은 저한테 어울리지 않기 때문이고, 또 제가 그것들을 모두 사랑할 수 없기 때문이기도 합니다.」

트레미에르는 상대가 자신을 너무 멀리까지 끌고 간다는 느낌이 들면 대화를 도중에 잘라 버리는 재주가 있었다. 그럴 때면 그녀는 말 한마디 없이 홀쩍 가버렸다.

영화에 출연해 달라, 대모가 되어 달라, 패션쇼 무대에 서 달라, 향수 모델이 되어 달라, 그리고 물론 트레뷔셰의 보석 말고 다른 보석 모델도 되어 달라, 계약을 하자는 제안이 끝없이 이어졌다. 그녀는 지혜롭게도 망설임 없이 모든 것을 거절했다. 그녀는 자기가 맡은 역할의 취약성을 잘 알고 있었다. 보석상들이 그동안 여성 모델을 고용하지 않았던 것은 모델보다 보석들이 돋보이길 원했기 때문이었다. 그녀는 어떠한 경우에도 그들에게서 스타의 자리를 훔치고 싶지 않았다. 아닌 게 아니라, 아름다운 보석을 대중에게 선보일 때 그녀는 어떻게 뒤로 물러나 있어야 하는지를 알고 있었다.

그녀가 그 직업을 천직으로 생각한 것은 그녀가 자신을 있으나마나 한 존재로 여겼기 때문이었다.

그녀의 삶에서 중요했던 단 한 사람, 그녀의 할머니는 그녀에 대해 찬탄을 아끼지 않았었다. 그녀는 파스로즈가 자신에 대해 잘못 생각했다고 믿기에는 할머니를 너무나 사랑했다. 하지만 그녀는 옳든 그르든 그녀를 바보라고 선언했던 사람들의 수를 잊지 않고 있었다. 이러한 이유 때문에 그녀는 변함없이 신중했다.

수많은 구혼자들이 그녀에게 접근했다. 그녀는 그들 모두에게 퇴짜를 놓을 만큼 허영심이 많지는 않았다. 그녀는 그럭저럭 흥미로운 몇몇 연애를 경험했고, 머지않아 사랑에 빠지지 않으면 관계가 따분해진다는 것을 깨달았다. 그녀에게 차인 남자들은 그녀가 보석처럼 차갑다고 말했다.

〈트리스탕 때문에 난 두 번 다시 사랑에 빠질 수 없을 거야.〉 그녀는 담담하게 이렇게 생각했다. 그녀는 자신이 생활비를 벌게 된 것만 해도 벌써 기적에 가까운 일이라고 여겼다. 〈엄마는 내가 그럴 수 있으리라고는 생각조차 못했잖아.〉

파리는 늘 유명인들에게 굶주려 있었고, 트레미에르에 대해 이를 갈았지만 그녀를 물어뜯지는 못했다. 트레미에르가 빌미를 제공하지 않았기 때문에 사람들은 그녀를 어디서 물고 늘어져야 할지 알지 못했다. 그녀는 비정상적일 정도로 예민한 구석이 없었다. 그녀는 신랄한 말들에 신경을 안 쓰는 듯 보였고, 결코 그것들에 응수하지 않았다. 사실, 그녀는 어릴 적부터 숱한 모욕을 받아 왔기 때문에 그것들을 알아차리지도 못했다. 갖은 욕설에도 그녀가 내보인 한결같은 반응은 그녀를 귀부인처럼 보이게 했다.

「저 아가씨, 대단한 품격을 가지고 있어.」 그녀에게서 이상적인 며느릿감을 보았던 중년 부인들은 이렇게 말했다.

남자들은 매료되기보다는 의아해했다. 아름답긴 무척 아름다운데 뭔가가 부족했다. 그런데 뭐가? 그 질문은 그들이 눈에 불을 켜고 들여다보기에는 너무 미묘했다.

이유는 알 수 없지만 꼭 읽어야 할 것 같은 느낌이 오는 책들은 많은 경우 운명의 표현이다. 트레미에르는 서점에 들렀다가 〈아동〉 코너에서 우연히 페로의 『고수머리 리케』를 발견했고, 즉시 그것을 반드시 읽어야 한다는 것을 알았다. 그녀가 거기서 너무나 진지하게 자기 자신을 알아보지 않았다면, 그 재미난 짧은 동화는 그녀를 매료시켰을 것이다. 〈저 미녀는 바로 나야. 그녀가 그렇게 멍청한 건 아냐, 그냥 재치가 없는 거야.〉

페이지 아래 붙은 주 하나가 그녀의 관심을 끌었다. 〈익살스러운 문학에서 재치를 불어넣는다는 것은 육체적 사랑에 입문하는 것을 의미했다.〉 트레미에르는 이 정보를 유념해 가며 이야기를 다시 읽어 보았다. 그렇게 보면, 흉물스러운 리케는 많은 육체적 사랑을 나누지만, 미녀는 전혀 그렇지가 않다는 결과가 나왔다. 그녀는 생각했다. 〈사실이야, 내 침대에 남자를 들이지 않은 지 얼마나 됐더라? 아아, 그들과 함께 있으면 지루하기 짝이 없는 게 내 잘못인가? 내가 재치를 갖게 되면, 나도 그들과 함께하는 데에서 즐거움을 찾을 수 있게 될까? 그것을 위해 나에게 재치가 없다는 구실로 고수머리 리케 같은 남자를 만나야 한다면, 난 어쩔 수 없

이 괴물의 사랑을 받아들여야만 할 거야.〉

이 동화를 너무나 부당하게도 마조히스트적인 방식으로 읽지 않았다면, 그녀는 그 이야기에 전하려는 도덕적 규범이 전혀 담겨 있지 않다는 점을 높이 평가할 수도 있었을 것이다. 우리는 페로가 그 미녀에 대해서나 리케에 대해서나 애정을 품고 있다는 것을 느낀다. 그는 세상 모든 사람과 마찬가지로 그들 역시 누릴 자격이 있는 사랑의 부조리한 행복을 그들에게 주기 위해 그들을 부조리한 저주로부터 해방시키기를 원한다.

어쨌거나 동화를 잘못 해석해 불안에 빠진 트레미에르가 못생긴 남자들을 경계의 눈초리로 관찰하기 시작한 것은 사실이다. 그녀는 숨을 멈추고 그들을 향해 경멸의 눈길을 던졌다. 그녀의 그러한 반응을 알아차린 야비한 사람들이 있었다. 그렇게 해서, 인기 텔레비전 방송 진행자가 보석상의 뮤즈를 자신의 무대로 초대해 혐오스러운 외모를 가진 명석한 조류 학자와 대면시키자는 아이디어를 냈다. 「배꼽을 잡고 웃게 될 거야.」 그가 자신의 방송 팀에게 예고했다. 그는 일을 확실히 하기 위해 유명한 타이어 제조업자와 한창 잘나가는 운동선수도 초대했다.

집에 텔레비전이 아예 없었던 트레미에르는 그 명사들 중 어느 누구도 알지 못했다. 트레뷔셰는 엄청난 시청률을 보이는 그 방송에 출연하는 데 동의하라고 그녀에게 압력을 가했다. 그사이, 데오다의 책, 『알려지지 않은 세계』가 그녀에게 도착한 만큼 그녀로서는 출연을 굳이 마다할 이유가 없었다. 우리 문명이 새를 새장에 처박아 두는 반면, 가장 위대한 문명들은 새에게 어마어마한 자리를 부여했다고 주장하는 그 에세이는 그녀를 열광시켰다. 이집트에서 새들은 신들이었고, 많은 상형 문자의 형태에 영감을 주었다. 그리스와 로마에서는 새들의 비행을 관찰하는 것은 인간에게 그들의 운명에 관해 가르침을 주는 신성한 일이었다. 황금시대의 페르시아인들은 〈새들의 회의〉를 통해 가장 숭고한 신비주의적 근원을 보았다. 하늘의 신들에게만 보이는 아메리카 인디언의 불가사의한 예술 작품인 지상화(地上畵) 거의 모두가 신화적인 새들을 표현했다. 12세기에는 아시시의 성 프란체스코가 참새에게 영감을 얻어 수

도원의 규범을 정하는 천재성을 발휘했다. 모든 종교는 샤머니즘과 공통점을 갖고 있었는데, 새를 하늘과 땅, 신과 인간 사이의 중개자로 지칭했다. 현재 인류가 이 날개 달린 제3자의 생존을 너무나 가벼이 여기는 것이 얼마 남지 않은 인류의 미래에 대해 많은 것을 말해 주고 있었다. 조류학이 수직에 대한 지적인 갈망의 마지막 보루로 남아 있다면, 거기서 쌍안경을 든 도시인들의 호사 취미를 보기보다는 그것을 위해 나서는 것이 그 어느 때보다 시급하지 않을까?

트레미에르는 책을 덮으며 자신이 살아오면서 왜 새들에게 그토록 무관심했는지 자문해 보았다. 〈그래도 난 새들을 좋아해.〉 그녀는 생각했다. 이 점에서 그녀는 99.99퍼센트의 사람들과 똑같이 행동했다. 우리는 새를 싫어하는 사람들을 극히 드물게 만난다. 우리는 모두 판다의 멸종에는 큰 충격을 받지만, 수많은 새들의 운명에는 아예 관심이 없다. 자신을 새와 동일시하기가 아주 어렵기 때문이다. 새의 눈길을 포착하는 것은 거의 불가능하다. 포착한다 하더라도, 거기서 우리의 감정과 유사한 것은 전혀 읽을 수가 없다. 이런 점에서 새는 조금은 하늘의 물고기다. 동물 보호를 열렬히 외치는 사람들도 자신의 감정을 이입하기가 어렵다는 아주 단순한 이유 때문에 대구는 아무 거리낌 없이 먹는다. 의인주의의 앞날은 아직도 창창하다.

트레미에르가 좀 더 평범했다면 구글을 검색해 데오다 에데르를 찾아보았을 것이고, 그가 어떻게 생겼는지 보았을 것이다. 하지만 그녀는 이렇게 생각했다. 〈이 사람, 내일 방송국에서 만나게 될 거야. 그때 가서 보지 뭐.〉

그녀가 출연하기로 한 TV 방송은 목요일 오후에 녹화가 진행되었다. 초대 손님들은 오후 2시 반까지는 방송국에 도착해야만 했다. 많은 경우, 녹화는 밤 9시가 되어서야 끝이 났다. 기껏해야 한 시간 반 동안 진행되는 토크쇼를 위해 그 긴 시간을 보내야 했다. 명사들은 자기 이름이 적힌 대기실로 안내받았는데, 대기실을 장식하는 화려한 꽃다발, 고급 샴페인, 과일 바구니는 마치 행복의 약속처럼 보였다. 출연자들은 방송국의 각별한 대접에 만족의 한숨을 내쉬었다. 홀로 멀뚱멀뚱

한 시간쯤 기다리고 있으면 분장사가 대기실로 찾아왔는데, 출연자는 파리아 신부를 발견한 에드몽 당테스[17]처럼 안도의 한숨을 내쉬며 그녀를 맞았다. 하지만 아뿔싸, 치장은 순식간에 끝났다. 곧 초대 손님은 드디어 끝났다고 믿었던 만큼 더 잔인하게 변해 버린 자신의 완전한 고독 속으로 되돌려 보내졌다. 몇 시간이, 얼마나 긴지, 얼마나 불안한지 어느 누구도 상상할 수 없는 몇 시간이 그렇게 흘러갔다.

인질이 사용하는 가장 흔한 전략은 화장실에 간다는 구실로 대기실을 벗어나는 것이었다. 그러면 누군가가 문 앞에 어김없이 서 있다가 〈대기실 안에 화장실이 갖춰져 있습니다〉라고 말하는 과도한 친절을 베풀었다.

사실, 녹화가 오후 5시 반 이전에 시작되는 경우는 결코 없었다. 이 세 시간의 대기는 초대 손님을 불안하게 만들어서 그가 무대 위에서 심리적으로 무너질 가능성을 높이는 것 외에 다른 기능은 없었다. 가짜 생방송

---

17 알렉상드르 뒤마의 『몬테크리스토 백작』의 주인공. 누명을 쓰고 이프섬에 투옥되었다가 옆방에 갇혀 있던 파리아 신부를 만나게 되고 그의 도움으로 탈옥해 누명을 씌운 자들에게 복수한다.

에 출연해 마구 신경질을 부리는 여성 유명 인사는 시청자들에게는 좋은 구경거리였다.

「그 트레미에르라는 아가씨, 무지 히스테릭할 가능성이 높아 보여. 그녀의 대기실에는 분장사를 제외하고는 아무도 들여보내지 마.」 진행자는 말했다.

그것은 트레미에르가 겪었던 아주 오랜 고독의 경험을 전혀 고려하지 않은 판단이었다. 고립이 피할 수 없는 것이라는 사실을 깨달은 그녀는 유아 시절에 연마했고, 오 놀라워라, 자라면서 상실하지 않은 기술을 사용했다. 다시 말해, 그녀는 바라보았다.

그 기술은 아무 대상이나, 되도록 가장 하찮은 대상을 그것이 자신의 비밀을 드러내는 순간까지 뚫어져라 바라보는 것이었다. 그녀에게 아무런 의미도 없는 하찮은 것이란 존재하지 않았다. 그것들이 하찮아 보이는 것은 그들의 낯섦이 나타나는 깊이의 정도에서 그들을 바라보지 않았기 때문이었다.

트레미에르는 너무 쉬운 대상인 과일 바구니나 꽃다발은 거들떠보지도 않고 상표도 없는 클리넥스 상자, 휴지 끄트머리가 삐죽 솟아 있는 장방형의 종이 곽을 선택했다. 그녀는 집중하고 그 상자를 쏘아보았다. 10여 분후 마술이 일어났다. 상자가 투명해지면서 휴지의 발광성 소재, 브뤼허와 칼레의 특산품에 비견될 만한 거미줄처럼 얇고 가벼운 레이스가 나타났다. 휴지 곽에서 반쯤 솟아오른 클리넥스는 섬세한 주름으로 베르니니의 예술을 상기시키는 물결무늬 박사(薄紗)였다. 응시를 통해 그것이 비단 두루마리만큼 커질 때까지 내버려 뒀다가, 마음속으로 안 입은 것만큼이나 가벼운, 단한 번만 입을 수 있는 드레스를 재단할 수도 있었다.

진행자의 예측은 들어맞지 않았다. 고립을 가장 힘들어한 것은 트레미에르가 아니라 데오다였다.

그날은 출발부터 좋지 않았다. 그는 열렬한 독서광이었는데 더 이상 읽을 게 아무것도 없었다. 그래서 단골 서점으로 갔고, 책 열다섯 권 정도를 첫 페이지만 건성으로 읽어 봤다. 서점 주인이 다가와 이런저런 책을 권했지만 그를 설득하지는 못했다. 그 잡식성 독자는 자기 입맛에 맞는 걸 찾아내지 못했다. 수필, 소설, 단편집, 위대한 작가, 신인 작가, 무엇 하나 끌리는 게 없었다. 궁여지책으로 〈조류학〉 코너에 가봤지만 그 분야에서 그가 아직 읽어 보지 못한 신작은 단 한 권도 없었다.

그는 아무 성과 없이 서점을 나섰다. 그는 책들에게 버림받아 고아가 된 듯한 느낌을 무척 싫어했다. 마치 어떠한 책도 그를 마음에 들어 하지 않는 것 같았다. 그는 책이 독자를 택하는 것이지 결코 그 반대가 아니라고 확신하고 있었다. 고아orphelin의 어원은 오르페우스Orphée인데, 그가 처한 그 완전한 고독의 경우를 제외하고는 그에게는 부조리해 보였다.

그날 오후, 그 대기실이 아무도 면회를 오지 않을 감옥이라는 사실을 깨달은 그는 책을 가져오지 않은 자신을 더욱더 저주했다. 〈몇 시간을 이렇게 멍하니 보내야 하다니!〉 그는 분통을 터뜨렸다. 휴대폰에는 신호가 잡히지 않는다는 메시지가 떴고, 벽걸이 전화는 외부와 통화가 되질 않았다. 〈모든 걸 철저하게 차단했군.〉

데오다는 얼음 통에 쟁여져 있는 도이츠 샴페인 병을 바라보았다. 그 옆에서 샴페인 잔이 그를 비웃고 있었다. 〈누가 저런 샴페인을 혼자 마시고 싶겠어?〉 그는 시험 삼아 문을 열고(그는 문이 잠겨 있지 않은 것에 거의 놀라다시피 했다) 나가 보았고, 그의 간수로 보이는 사람과 곧바로 맞닥뜨렸다. 데오다는 그에게 함께 샴페인이나 마시지 않겠느냐고 다짜고짜 물었다. 간수는 무덤덤하게 그에게는 그럴 권리가 없다고 대답했다.

그는 격분하며 대기실로 다시 들어왔다. 〈조류학자가 새장에 갇히다니, 세상에 이런 일이!〉 화가 나 부들부들 떨면서도 그는 마음을 가라앉힐 수 있는 유일한 방법이 새를 관찰하는 것이라는 걸 알고 있었다. 그런데 그 대기실에는 창문이 아예 없었다. 그는 문을 박차고 나가 자신에게는 창문이 있는 대기실이 필요하다고 간수에게 말했다.

「창문이 있는 대기실은 단 한 곳도 없습니다.」 간수는 눈썹 하나 까딱 않고 대답했다.

데오다는 소파에 풀썩 주저앉으며 생각했다. 〈날 흔들어 놓으려는 모양인데, 완전 성공했군.〉 그는 위기 상황이 찾아오면 찌르레기로 변신해, 누군가 옆에서 북이라도 치는 것처럼 사방을 돌아다니며 벽에 이마를 찧어

댔었다. 광기보다는 반항을 택한 그는 대기실을 뛰쳐
나갔고, 끊임없이 대기실로 돌아가라고 외쳐 대는 간수
를 꽁무니에 매단 채 창문을 찾아 이 복도 저 복도를
뛰어다녔다. 마침내 그는 통유리로 뚫린 공간에 도달했
고, 하늘을 관조하는 일에 빠져들었다.

「대기실로 돌아가 주십시오, 선생님.」

「날 가만히 좀 놔둬요!」

그는 결국 하늘 높이 맴돌고 있는 명매기 한 마리를
찾아냈다. 어떠한 광경도 그를 그 정도로 해방시켜 주
지는 못했다. 그 새를 계속 쳐다보다 보면 데오다는 날
고 있는 그 새가 되었다. 그는 필요한 시간만큼 공상에
빠져들었다. 위기가 지나갔다는 느낌이 들자, 그는 명
매기의 몸을 떠나 대기실로 돌아갔다. 간수가 졸졸 따
라오는 것을 본 그는 그를 따돌리고 자신의 것과 똑같
이 생긴 한 대기실로 들어갔다.

어떤 남자가 불쑥 들어와서는 문을 쾅 닫자, 트레미
에르는 관조와 명상에서 깨어났다. 한 시간 이상 빠져
있었던 관조와 명상이 그녀의 지각들을 버려 놓지 않았
다면, 그녀는 아마도 데오다를 보는 즉시 혐오감을 느

겼을 것이다. 하지만 그녀가 제일 먼저 느낀 것은 그 인물이 방금 하늘을 날아다녔다는 사실이었다.

「공작이 하늘을 날 수 있는지는 미처 몰랐네요.」 그녀가 말했다.

해안에서 율리시스를 맞이하던 나우시카도 그처럼 부드러운 목소리를 내지는 못했을 것이다.

무슨 일이 벌어진 건지 전혀 이해하지 못했지만 데오다도 곧바로 맞장구를 쳤다.

「공작은 이상한 새죠. 예를 들어, 꼬리를 봅시다. 공작이 꼬리를 펼치는 것은 상대를 유혹하는 공연이자 전쟁을 알리는 퍼레이드이기도 하죠. 여기까지는 놀라운 게 전혀 없어요. 인간의 경우에서도 많은 경우 유혹의 수단과 방어의 장치가 일치하니까요. 하지만 암컷이나 경쟁 상대, 혹은 위협이 없는데도 공작이 꼬리를 펼치는 게 종종 목격되는데, 그 경우에는 이유를 도무지 설명할 수가 없어요.」

「단지 자신의 아름다움을 즐기려는 게 아닐까요?」

「이미지를 비춰 주는 거울이 없는데도?」

「가끔은 바로 그 반영의 부재가 스스로를 아름답다

고 느끼게 해주죠.」

데오다는 그녀가 자신의 경험에 비추어 말하고 있다
는 것을 알았다.

「제가 공작이라는 걸 어떻게 아셨죠?」

「당신이 불쑥 들어왔을 때, 저는 우선 당신이 새라는
것을 봤어요. 설명할 수는 없지만, 당신이 조금 전에 하
늘을 날았다는 걸 알았죠. 그 다음에는 당신의 과도한
성향을 봤어요. 에두르지 않고 말하는 걸 용서하세요.
마치 당신이 세상의 모든 추함을 펼쳐 보이는 데 명예
를 거는 것 같았어요. 당신은 공작이 꼬리를 펼치는 것
만큼 위풍당당하게 그것을 과시했어요. 혹시 당신이
그 조류학자세요?」

그들은 서로 자기소개를 했다. 방해가 되는 것이 더
는 아무것도 없었기 때문에 그들은 잔에 샴페인을 붓
고 번갈아 마셨다. 그 묘약은 그들이 돌이킬 수 없을 정
도로 사랑에 빠졌다는 것을 확인시켜 주었다.

「미리 말해 두는데, 나한테는 재치가 없어요.」 그녀
가 말했다.

「당신이 날 맞으면서 한 말로 봐서는 전혀 그렇지가

않은데요. 내 경우, 내 슬픈 얼굴을 당신에게 상기시키는 건 쓸데없는 짓처럼 보이는군요.」

「당신의 목소리는 아주 아름다워요. 당신의 경우에는 말을 하는 게 꼬리를 펼치는 거예요.」

「혹시 〈도가머리 리케〉를 읽어 봤나요?」

「그만하세요, 제발. 벌거벗은 것 같은 느낌이 드니까요.」

「당신이 나에게 떠올리게 하는 건 페로의 동화만이 아니에요. 한 아가씨가 가난한 노파에게 물을 준 후로 그녀의 입에서 나오는 말들이 모두 보석으로 변하는 동화의 제목이 뭐죠?」

그들은 샴페인 병이 빌 때까지 호의로 가득한 대화를 나누었다.

「내 대기실에 있는 샴페인도 가져올까요?」 데오다가 물었다.

「몇 시나 됐죠?」 이것이 트레미에르의 독특한 답변이었고, 데오다는 곧바로 그녀가 무엇을 말하려는지 알아차렸다.

「오후 5시. 당신이 옳아요, 그들이 우릴 우롱하는 겁니다. 갑시다.」

그들은 슬그머니 달아났다. 방송국 사람들이 그들을 붙잡으려고 시도했다. 그들은 그들 자신에게 가장 끔찍해 보이는 일을 가지고 협박해 댔다.

「이렇게 그냥 가버리면, 두 번 다시 이 방송에 초대하지 않을 겁니다.」

트레미에르와 데오다는 웃음을 터뜨렸고, 멈춰 선 첫 번째 택시를 향해 전속력으로 뛰어갔다.

그들은 해결이 불가능한 문제를 해결했다. 영원한 사랑에 대한 차분한 확신은 사랑이 시작될 때의 최면에 가까운 황홀경과 일치했다. 그 사랑에는 믿음이 없는 사람들의 언어적 자물쇠인 맹세도 필요 없었다.

물론 스캔들이 일었다. 용서할 수 없는 출연 포기에 격노한 TV 쇼 진행자는 자신의 관점에서 사태를 전함으로써 〈모든 것을 투명하게 까발리는 카드를 사용했다〉. 대기실에서 마주치는 순간 한눈에 반한 모델과 조류학자가 그들에게 가장 기본적인 교육조차 결여되어 있다는 것을 증명했고, 욕정을 더 이상 억누를 수 없어서 사과 한마디, 해명 한마디 없이 허둥지둥 도망쳐 버렸다는 것이었다.

그 방송은 커다란 반향을 불러일으켰다. 선정적인 언론 매체들이 그것을 낚아챘다. 두 연인은 그것에 대해서는 아무것도 몰랐다. 방송국을 탈출한 바로 그날, 그들은 택시 운전사에게 가장 가까운 역(몽파르나스 역이었다)으로 데려다 달라고 주문했고, 낭트로 가는 첫 번째 기차에 올라탔다. 트레미에르는 그 도시에 낡은 고딕 성당을 손봐서 만든 고급 호텔이 있다는 얘기를 들은 적이 있었다. 그들은 창문이 스테인드글라스로 된 방을 잡았고, 고딕식 첨두홍예의 교차부 아래에서 사랑을 나눴다. 그들은 1주일 동안 휴대폰을 꺼놓았다. 매일 저녁, 그들은 도시를 산책하고 저녁 식사를 하기 위해 외출했다. 일간지 『우에스트 프랑스』의 기자들이 그들을 찾아냈지만, 두 연인이 사랑을 시작하는 무대로 낭트를 택했다는 데에 감격해 비밀을 지켜 주었다.

1주일 후, 그들은 동시에 휴대폰을 켰다. 그들 각자의 메시지 함은 욕설로 넘쳐 났다. 그들이 진행자가 보낸 가장 모욕적인 음성 메시지들을 꼼꼼하게 보관했다가 들려주자, 그들의 협력자들은 곧 태도를 바꿨다. 트

레미에르가 앞으로 절대 그 방송에 출연하지 않으리라
는 것을 눈치챈 트레뷔셰 보석점의 홍보 담당자는 진행
자의 욕설이 녹음된 음성 메시지를 방송에 내보냈다.
여론이 그 진행자에게 등을 돌렸고, 사람들은 방송을
앞두고 달아난 두 연인에게 잘했다는 축하의 메시지를
보냈다.

파리로 돌아온 두 연인은 투르넬가에 위치한 한 낡
은 건물 4층에 있는 커다란 아파트를 샀다. 아무도 그
선택을 이해하지 못했다. 아파트가 화려하긴 했지만
낡은 데다 골목 구석에 위치해 빛이 잘 들지 않았기 때
문이었다. 그들은 보주 광장에서 그리 멀지 않은 곳에
위치한 그 낭만적인 아파트를 보고는 첫눈에 마음에
들어 했다.

TV 쇼 진행자의 쓰레기 같은 언사에 충격을 받은 건
파파라치들도 마찬가지였다. 그 덕분에 두 연인은 평화
롭게 지낼 수 있었다. 두 연인이 함께 산책을 나가면 그
들에게서 풍기는 사랑의 이미지가 너무나 설득력이 있
어서 오히려 존중심을 불러일으켰다. 사람들은 더 이상

황색 언론이 아니라, 〈조류학자가 꿈꾸던 새를 찾았다〉
같은 유의 멍청하지만 감동적인 제목과 함께 『3천만 명
의 친구』 같은 잡지에서나 그들을 볼 수 있었다.

물론 사람들은 그들에게서 트집 잡을 거리를 찾았
다. 한 인터뷰에서 트레미에르는 두 사람의 생활비를
대는 게 자신이라고 솔직하게 털어놓았다. 그걸 갖고
왈가왈부하는 사람들이 있었다. 「모델이 조류학자보다
더 벌잖아요.」 트레미에르는 어깨를 으쓱하며 이렇게
말했다. 데오다는 이렇게 말함으로써 전반적인 지지를
얻어 냈다.

「생긴 게 이 모양이라 여자에게 얹혀사는 제비가 될
수밖에 없었어요.」

사랑에 빠진 뒤로 더 이상 데오다의 추함이 눈에 들
어오지 않았던 트레미에르는 이 말에 담긴 유머를 이해
하지 못했다.

동화는 문학의 틀 속에서 묘한 위상을 가지고 있다. 말하자면 과도한 평판을 누리고 있는 것이다. 동화의 애매성은 아이들에게 말을 거는 척하면서 어른들에게도, 어쩌면 특히 어른들에게 말한다는 사실에서 기인한다. 「미녀와 야수」를 찍었을 때, 콕토는 아이들보다는 어른들이 주관객이 되리라는 것을 알고 있었다.

　「도가머리 리케」는 동화라는 장르에 속한다. 프랑스에서 대부분의 동화는 좋게 끝난다. 우리는 동화들이 문학다운 문학 99.99퍼센트가 잘못된 취향으로 간주하는 행복한 결말이라는 유치한 규칙에 따르는 것을 보고도 기분 나빠 하지 않는다.

문학의 단골 메뉴는 말할 것도 없이 사랑이다. 그 주제에는 저항할 수가 없다는 것을 믿어야 한다. 세계적으로 위대한 작가치고 사랑에 단 한 줄도 바치지 않은 이는 손가락으로 꼽을 수 있을 정도다.

그런데 연애 소설의 걸작들을 지배하는 거의 절대적인 규칙이 있다면, 그것은 이야기가 아주 안 좋게 끝나야 한다는 것이다. 안 그러면 사람들은 그것을 삼류 소설로 간주한다. 마치 위대한 작가가 문학의 단골 메뉴에 접근하는 것을 용서받기 위해 통회의 기도 삼아 거기에 비극적인 결말을 집어넣는 것처럼 모든 일이 일어난다.

바르베 도르비이의 『범죄의 행복』은 기념비적인 예외다. 사랑이 유일한 주제가 아닌 걸작들을 포함시켜 스펙트럼을 넓혀 보자. 『전쟁과 평화』, 『여인들의 행복 백화점』은 사랑이 행복하게 끝나는 문학의 드문 예다.

내가 아무리 독서광이라 해도 세상의 모든 문학적 걸작들을 읽지 못한 것은 자명한 사실이다. 그런데 2015년에 나는 아주 모범적인 경험을 했다. 발자크의 『인간 희극』 전권을 읽었던 것이다. 물론 길이와 가치가 천차만별이지만 전체적으로 걸작이라는 것을 어느 누구도 부정하지 않는 147편의 작품, 그것은 세상을 전체적으로 그려 내려는 야망을 품은 문학적 기도였다.

147편 가운데 사랑이 차지하는 비중이 무시해도 좋을 정도인 작품이 35편이다. 따라서 서사에 있어서 사랑이 중요한, 나아가 지배적인 역할을 하는 작품 112편이 남는다. 112편 가운데 7편만 행복하게, 그것도 아주 행복하게 끝난다. 정확하게 말하자면, 그 112편 가운데 3편은 미완성으로 남아 있다. 따라서 이 3편의 결말은 알 수가 없다. 또한 내가 보기에 좋게 끝나는 것은 나쁘게 끝나지 않는 것 이상을 의미한다는 사실을 분명히 하자. 세자르 비로토의 자식들이 거둔 사랑과 직업의 성공처럼 결말에 가서 갑자기 찾아오는 작은 위안만 가지고는 『세자르 비로토』라는 제목을 가진 소설이 행복한 결말을 맞았다고 말하기에는 나로서는 충분하지 않다.

그렇다면 사랑은? 이 주제에 대해 발자크는 어이가 없을 정도로 순진한 모습과 놀라울 정도로 정통한 면모를 번갈아 보여 준다. 그의 박식은 예사롭지 않은 성욕을 가진(순진함이 욕구를 설명하고, 욕구가 순진함을 설명한다), 그리고 막대한 경험을 쌓은 사람의 박식이라고 말하고 싶을 정도다. 요컨대, 요리에 정통한 폭식가인 셈이다. 나는 이러한 부류의 사람이 하는 증언을 잘 믿는 편이다.

따라서 발자크가 쓴 사랑 이야기의 6퍼센트는 좋게 끝나는 셈이다. 많지는 않지만 무시할 수는 없는 비율이다. 마치 발자크가 사랑이라는 피비린내 나고 위험한 전쟁에 있어서도 가끔은 눈부신 승리를 거둘 수도 있다고 말하는 것 같다. 위르쉴 미루에는 수많은 암초에도 불구하고 포르탕뒤에르 자작과 결혼한다. 그들의 결혼은 위대한 성공이다. 카디냥 공주는 타락한 삶을 산 후에 발자크의 소설에 등장하는 인물 중에 그가 가장 자신과 동일시했던 인물과 행복의 절정을 맛본다.

데오다와 트레미에르가 발자크의 소설에 등장하는 인물들이었다면 아주 멋진 말들이 끄는 마차를 구입해서 오후마다 상류 사회 사람들의 찬탄 어린 시선을 받으며 샹젤리제 거리를 산책했을 것이다. 그들은 목요일 저녁마다 포부르 생제르맹의 친구들을 그들의 저택에 맞아들였을 것이고, 그 친구들은 저택의 여주인이 입고 나온 눈부신 드레스를 보고 탄성을 내질렀을 것이다.

훨씬 덜 화려한 아파트에 자리를 잡은 데오다와 트레미에르는 위험의 상존을 의식하고 있는 만큼 다모클레스의 불안한 행복을 더욱더 황홀하게 누렸다.

사방에서 그들을 초대했다. 그들은 자신도 모르게 새로운 인기 커플이 되어 있었고, 사람들의 극진한 환대에 정신을 차릴 수 없을 정도로 놀랐다.

사실, 데오다와 트레미에르는 서로 잘 통하기는커녕 서로에 대해 너무나 자주 겪는 불안스러운 낯섦을 통해 연대감을 가졌다. 서로 재회하면 그들은 각자 공포에 가까운 경악을 느끼며 수도 없이 〈그잖아〉, 혹은 〈그녀잖아〉라고 생각했다. 〈언제부턴가 세상의 중심이 되어 버린 너무나 독특한 이 사람은 도대체 누구지?〉라고. 그럴 때면 데오다는 트레미에르에게 샴페인 잔을 가져다주었고, 그들은 함께 마법에 걸린 것처럼 마셨다.

그들은 내심 여러 차례 실연을 겪은 게 오히려 잘됐다고 생각했다. 그 슬픔들이 없었다면, 그들은 아마 그들의 예외적인 행복이 흔한 거라고, 매일 밤 혹은 매일 아침 그토록 큰 기쁨을 발견하는 것이 정상이라고 가정했을 것이다.

그들은 서로에게 모든 것을 말하지 않았다. 잘 보이려는 헛된 허영심 때문이 아니라, 서로가 말로 표현할 수 없는 것을 마음속에 품고 있다는 것을 알고 있었기 때문에. 그런 만큼 그들은 결코 사랑에 잘 속는 얼간이들을 깜짝 놀라게 만드는 그 짜증 나는 암시적 간과법 (〈난 자기한테 모든 걸 털어놓지 않아〉)을 사용하지 않았다. 이렇게 해서, 데오다는 한 번도 사스키아 얘기를 하지 않았고, 트레미에르는 할머니의 보석을 계속 비밀로 간직했다.

시간이 흘렀지만 그들이 느끼는 동요의 절대성을 무디게 하지는 않았다. 그들은 결혼하지 않았다. 그녀는 결코 아내의 지친 목소리를 내지 않았고, 그는 그녀에게 남편의 빈정거리는 말투를 단 한 번도 사용하지 않았다.

꼽추가 될 뻔했던 그의 등은 약간 굽어 있었다. 그녀는 애무를 부르는 그 자세를 사랑했다. 그는 모든 각도에서 그녀를 바라보며 감탄하기 위해 그녀 주변을 맴돌았고 바르베 도르비이를 인용했다. 「옆모습은 아름다움의 암초, 혹은 아름다움의 가장 눈부신 증명이다.」

봄이 오자, 오르페우스 꾀꼬리 한 쌍이 그들의 창문가에 서 있는 밤나무에 둥지를 틀었다. 데오다는 조류 학계에 그 사건을 알리지 않았다. 그는 그 기적에 대해 입을 다무는 쪽을 택했다. 조류학자의 기억에 파리 제3구에서 그런 희귀 새가 관찰된 것은 처음이었다.

평범하지 않은 존재들의 평범한 사랑

유명한 이야기 한 토막. 유명한 무용가 이사도라 덩컨이 노벨 문학상 수상 작가 조지 버나드 쇼를 만난 자리에서 이렇게 말한다.「우리가 결혼해서 나처럼 아름답고 당신처럼 똑똑한 아이가 태어나는 것을 상상해 보세요.」쇼는 잠시 생각해 본 후에 대답한다.「……그 반대가 되면 어떡하죠?」덩컨과 쇼(덩컨과 아나톨 프랑스 버전도 있다) 사이의 이 일화는 전혀 사실이 아니고 누군가 농담 삼아 지어낸 것이라고 한다. 지어냈다 해도 아주 새로운 이야기는 아니다. 예로부터 아름답지만 멍청한 공주와 못생겼지만 총명한 왕자(혹은 그 반대)의 결합은 민담의 훌륭한 주제였다.

이 소설의 원제 〈도가머리 리케*Riquet à la houppe*〉는 샤를 페로의 동화에서 따온 것으로, 작가는 『푸른 수염』에 이어 또 한 번 동화 다시 쓰기를 시도한다. 우리에게는 다소 낯선 페로의 「도가머리 리케」는 동화답게 낙관적이다. 지독한 추남이지만 재치가 넘치는 왕자 리케가 그림처럼 아름답지만 멍청하기 짝이 없는 공주를 만나 서로 재치와 아름다움을 나누고 결혼에 이르게 된다는 내용이다. 동화에는 이 나눔의 권능이 요정이 베푼 선물로 표현되어 있지만, 혹자는 서로에게 결핍된 것을 채워 주는 것, 그게 바로 사랑의 힘이라고 주장한다. 〈재치를 주는 것〉은 육체적 사랑에 입문하는 것이고, 〈아름다움을 주는 것〉은 시쳇말로 눈에 콩깍지가 씌우는 것이라면서.

아멜리 노통브도 샤를 페로처럼 모든 면에서 대조적인 두 인물을 창조해 낸다. 현대판 못난이 왕자의 이름은 데오다(신이 주신 선물), 파리 우안에 거주하는 중년 부부의 늦둥이 외아들인 그는 부모도 역겨워할 정도로 못생긴 데다 척주 후만증을 앓아 등까지 굽어 있다. 하지만 그는 아기 때 이미 문장을 구성해 말을 할 정도로 총명하고 〈타인에 대한 감각〉이라 부를 수 있을 우월한 형태의 지성을 지니고 있다. 현대판 멍청이 공주의 이름은 트레미에르(덩굴장미), 파리 좌안에 거주하는 젊은 맞벌이 부부의 딸로서 요정 같기도 하고 마녀 같기도 한 할머니 파스로즈의 손에 길러진다. 그녀는 탄성이 절로 나올 정도로 아름답지만 도무지 말이 없고 넋 나간 표정으로 외부 세계를 바라보기만 한다.

작가는 평범하지 않은 이 두 존재를 서로 만나게 하기 전에 평범이 지배하는 세상에 내보내 비범함을 질시하고 따돌리는 세태를 비판적으로 관찰한다. 평범한 또래들에게 따돌림을 당하며 감각적인 트레미에르는 세상을 관조하고 이성적인 데오다는 적응하고 분석한다. 이렇게 시련과 실연을 통해 각자의 통찰력을 벼려놓음으로써 그들은 만나는 즉시 상대방이 자신의 반쪽임을 알아본다(〈당신이 불쑥 들어왔을 때, 저는 우선 당신이 새라는 것을 봤어요. 설명할 수는 없지만, 당신이 조금 전에 하늘을 날았다는 걸 알았죠〉). 그리고 사랑에 빠진다.

해피엔드? 그런데 작가가 말하고 있는 것처럼 〈연애

소설의 걸작들을 지배하는 거의 절대적인 규칙이 있다
면, 그것은 이야기가 아주 안 좋게 끝나야 한다는 것이
다〉. 사실, 야수 데오다와 미녀 트레미에르가 영원한
사랑을 놓고 대결을 벌이다가 한쪽이 비극적인 죽음을
맞는 게 노통브다운 이야기의 전개일 것이다. 하지만
노통브도 페로처럼 이 예외적인 두 존재에 대해 따뜻한
시각을 갖고 있다. 〈세상 모든 사람과 마찬가지로 그들
역시 누릴 자격이 있는 사랑의 부조리한 행복을 그들
에게 주기 위해 그들을 부조리한 저주로부터 해방시키
기를 원한다.〉

세인의 눈을 피해 사랑의 도피를 했던 두 연인은 파
리 투르넬가에 위치한 낡은 아파트를 사서 칩거한다.
그들의 창문가에 서 있는 밤나무에 오르페우스 꾀꼬리
한 쌍이 둥지를 튼다. 파리 제3구에 그런 희귀 새가 둥
지를 튼 것은 처음이지만 작가는 그들이 아주 평범한
행복을 누리게 그냥 내버려 둔다.

샤를 페로의 「도가머리 리케」가 한국 독자들에게는
워낙 생소한 동화라 독서에 도움이 될 수 있도록 1697년
에 출간된 원본을 바탕으로 번역해 소개한다.

도가머리 리케

옛날 옛적에 한 여왕이 아들을 낳았는데 얼굴이 너무 못생기고 몸피 또한 너무 흉해 사람들은 오랫동안 그가 과연 사람의 모습을 띨지 의심했다. 하지만 그의 탄생을 지켜본 요정은 그래도 그는 사랑스러울 거라고 장담했다. 생긴 건 그래도 재치가 아주 뛰어날 거라면서. 그러고는 그녀가 막 그에게 한 선물한 능력 덕에 그는 가장 사랑하게 될 사람에게 그가 가진 만큼의 재치를 줄 수 있을 거라고 덧붙이기까지 했다. 너무나 추한 아들을 낳아 큰 슬픔에 잠겨 있던 여왕은 그 말에 약간의 위안을 얻었다. 실제로 그 아들은 입이 트이자마자 예쁜 말들을 쏟아 냈고, 하는 짓마다 뭔지 모를 재치로 가득해서 사람들을 매료시켰다. 깜빡 잊고 말 안 했는데, 그가 태어날 때 도가머리 한 다발이 삐죽 솟아 있어서 사람들은 그를 도가머리 리케라고 불렀다. 집안의 성이 리케였기 때문이었다.

그로부터 7~8년 후, 이웃 왕국의 여왕이 딸 둘을 낳았다. 첫째 딸은 달덩이보다 더 아름다웠다. 여왕이 너무나 기뻐해서 저러다가 병이라도 나지 않을까 사람들

이 걱정할 지경이었다. 리케의 탄생을 지켜본 요정이
그 자리에도 있었는데, 그녀는 여왕의 기쁨을 누그러뜨
리기 위해 그 어린 공주는 재치가 전혀 없을 거라고, 아
름다운 만큼이나 멍청할 거라고 말했다. 그 말에 여왕
은 크게 상심했다. 하지만 몇 분 후, 여왕은 훨씬 더 큰
슬픔을 맛보았다. 그녀가 낳은 둘째 딸이 쳐다보고 싶
지 않을 정도로 못생겼기 때문이었다. 요정이 그녀에게
말했다. 「너무 슬퍼하지 마세요, 여왕님. 둘째 공주님은
다른 것으로 보상을 받을 테니까요. 그녀는 재치가 많
아서 사람들이 그녀가 못생겼다는 것을 거의 알아차리
지 못할 거예요.」

그러자 여왕이 대답했다. 「부디 그렇게 되기를! 그런
데 저토록 예쁜 첫째가 약간이라도 재치를 가지게 만
들 무슨 방도가 없을까요?」

요정이 말했다. 「재치에 관한 한 저도 어쩔 수가 없
습니다, 여왕님. 하지만 아름다움에 관한 한 뭐든지 할
수 있죠. 여왕님에게 만족을 드리기 위해서라면 뭐라도
하고 싶으니 첫째 공주님에게는 마음에 드는 사람을
잘생기게 혹은 아름답게 만들 수 있는 능력을 선물로

드리지요.」

두 공주가 자랄수록 그들의 장점도 점점 커졌다. 어딜 가나 첫째 공주의 아름다움과 둘째 공주의 재치를 칭송하는 얘기뿐이었다. 하지만 나이가 들어 감에 따라 그들의 결점 역시 점점 두드러졌다. 둘째는 눈에 띌 정도로 점점 더 못생겨졌고, 첫째는 나날이 더 멍청해졌다. 뭘 물어도 대답하지 않거나 엉뚱한 말을 해댔다. 게다가 칠칠치 못하기까지 해서 한 점을 깨뜨리지 않고는 벽난로 가장자리에 도자기 네 점을 가지런히 올려놓지 못하고, 옷에 반을 흘리지 않고는 물 한 잔을 마시지 못했다.

젊은 처녀에게 아름다움이 큰 장점이긴 하지만, 어딜 가나 둘째 공주가 거의 언제나 첫째 공주보다 인기가 많았다. 사람들이 처음에는 첫째 공주를 보기 위해, 그녀의 아름다움에 감탄하기 위해 그녀 주변으로 모여 들었지만, 곧 수많은 유쾌한 얘기들을 듣기 위해 재치 넘치는 둘째 공주 곁으로 자리를 옮겼다. 사람들은 15분도 채 안 되어 첫째 공주 곁에는 아무도 없고 모두가 둘째 공주 주변에만 바글바글 몰려 있는 것을 보고는 놀라곤 했다. 멍청하기 짝이 없어도 첫째 공주 역시 그 사실은 잘 알고 있었다. 그녀는 동생의 재치를 반만이라도 가질 수 있다면 자신의 모든 아름다움을 아무 아쉬움 없이 내주었을 것이다. 여왕 역시 아무리 인자한들 바보짓을 해대는 그녀를 여러 차례 꾸짖지 않을 수가 없었다. 그 가엾은 공주는 고통으로 죽을 지경이었다.

어느 날 첫째 공주가 숲으로 물러나 자신의 불행을 한탄하고 있는데 생김새는 아주 추하고 볼품없지만 옷은 아주 멋지게 차려 입은 키 작은 남자 하나가 그녀 쪽으로 다가오는 게 보였다. 그가 바로 온 세상을 돌아다니는 그녀의 초상화를 보고 홀딱 반하여 그녀를 직접 만나 얘기를 나누기 위해 아버지의 왕국을 떠난 젊은 왕자 도가머리 리케였다. 그렇게 숲속에 혼자 있는 그녀를 만나게 된 그는 얼씨구나 하고 상상할 수 있는 모든 공경과 예절을 갖춰 그녀에게 다가갔다. 그가 의례적인 인사말을 한 후에 그녀가 매우 슬퍼하는 것을 보고 말했다.

「당신처럼 아름다운 분이 이토록 슬퍼할 수 있다니 나는 이해가 되질 않습니다. 아름다운 사람들을 수없이 보았노라고 자부할 수 있지만 당신에 비할 만큼 아름다운 사람은 본 적이 없거든요.」

「그럴 리가요. 농담이시겠지요.」 공주는 이렇게 대답하고는 그만 입을 다물었다.

그러자 도가머리 리케가 다시 말했다. 「아름다움은 너무나 큰 장점이라 나머지를 모두 대신할 수 있지요. 아름다움을 가지고 있을 때 무엇이 우리를 그토록 슬퍼하게 만들 수 있는지 나는 알 수가 없군요.」

공주가 대답했다. 「나는 나만큼의 아름다움을 가지고도 나처럼 멍청한 것보다는 차라리 당신만큼 못생겼더라도 재치가 있었으면 좋겠어요.」

「자신에게 재치가 없다고 믿는 것보다 그에게 재치가 있다는 걸 더 잘 알려 주는 표시는 아무것도 없지요. 재치라는 게 본래 많이 가지면 가질수록 점점 더 부족하다고 느껴지니까요.」

공주가 대답했다. 「난 그런 거 몰라요. 하지만 내가 몹시 멍청하다는 것은 알죠. 날 죽이는 슬픔은 바로 거기서 오는 거예요.」

「당신을 슬프게 만드는 것이 그뿐이라면 내가 쉽게

당신의 고통을 끝낼 수 있습니다.」

「어떻게요?」 공주가 말했다.

「나에게는 내가 가장 사랑해야 하는 사람에게 그가 가질 수 있는 만큼의 재치를 줄 수 있는 능력이 있습니다. 당신이 바로 그 사람이니, 당신이 나와 혼인하길 원하기만 한다면 당신이 가질 수 있는 만큼 재치를 가지느냐 마느냐는 오로지 당신에게 달려 있습니다.」 도가머리 리케가 말했다.

공주는 어쩔 줄 몰라 하며 아무 대답도 하지 않았다. 그러자 도가머리 리케가 덧붙였다. 「보아하니 내 제안에 당장 답하기가 곤란한 모양이군요. 당연히 그렇겠지요. 그러면 당신이 결정을 내릴 수 있게 한 해를 꼬박 드리겠습니다.」

공주는 재치가 거의 없었지만 재치를 가지고 싶은 욕심은 너무나 커서 그해의 끝이 결코 오지 않을 것이라고 상상했다. 그래서 그녀는 제안을 받아들였다. 도가머리 리케에게 1년 후 같은 날 그와 결혼하겠다고 약속하자마자 그녀는 자신이 이전과는 완전히 달라졌다는 것을 느꼈다. 그녀는 마음에 드는 모든 것을 말하는 게,

그것도 아주 세련되고 편안하고 자연스러운 방식으로 말하는 게 믿을 수 없을 정도로 쉽게 느껴졌다. 그때부터 그녀는 도가머리 리케와 정중하고 품위 있는 대화를 나누기 시작했는데, 그녀가 말을 어찌나 잘하는지 도가머리 리케는 자기 자신을 위해 남겨 둔 것보다 더 많은 재치를 그녀에게 준 게 아닌가 하는 생각이 들 정도였다.

공주가 궁궐로 돌아갔을 때, 궁중 전체는 너무나 갑작스럽고, 너무나 놀라운 변화에 대해 어떻게 생각해야 할지 몰라 어리둥절했다. 왜냐하면 예전에 그녀가 말같지도 않은 소리를 해대는 것을 들었던 만큼 그녀의 입에서 이치에 맞고 재치가 넘치는 말들이 흘러나오는 걸 들었던 것이다. 궁중 전체는 상상할 수 없을 정도로 기뻐했다. 하지만 둘째 공주만은 마음이 그리 편치 않았다. 왜냐하면 더는 재치로 언니를 앞설 수 없었던 그녀는 이제 언니 곁에 서면 지지리도 못생긴 여자로밖에 보이지 않았기 때문이었다.

왕도 첫째 공주의 의견에 따라 행동했고, 심지어 가끔은 그녀의 처소로 가서 회의를 열기도 했다. 이러한 변화의 소문이 퍼지자, 이웃 왕국들의 왕자들이 그녀의 사랑을 얻으려고 애썼고 거의 모두가 그녀에게 청혼했다. 하지만 그녀는 그중에서 충분히 재치가 있는 사람을 찾지 못했고, 그들의 말을 모두 들어 보긴 했지만 어느 누구의 청혼도 받아들이지 않았다. 그런데 그 와중에 너무나 힘세고 부유하고 재치 있고 잘생긴 구혼자가 나타나자 공주도 그에게 호의를 느끼지 않을 수 없었다. 그 사실을 눈치챈 왕은 배우자의 선택을 그녀에게 맡길 테니 의사를 밝히기만 하라고 말했다. 그런데 재치가 많을수록 그 문제에 있어서 단호한 결단을 내리기가 어렵기 때문에 그녀는 왕에게 고맙다고 말한 후에 생각할 시간을 달라고 부탁했다.

그녀는 더 편안하게 어떻게 해야 할지 생각해 보기 위해 우연하게도 도가머리 리케를 만났던 숲으로 산책하러 갔다. 깊은 생각에 잠겨 산책하던 그녀는 발밑에서 여러 사람이 분주히 움직이는 것 같은 둔탁한 소리를 들었다. 그녀가 좀 더 유심히 귀를 기울이자, 한 사람이 〈저 냄비 좀 줘〉, 또 한 사람이 〈저 솥 좀 가져와〉, 또 다른 사람이 〈저 불에 장작을 더 넣어〉라고 말하는 소리가 들려왔다. 동시에 땅이 열렸고, 그녀는 발밑에서 요리사들과 보조들, 성대한 잔치를 여는 데 필요한 온갖 사람들로 가득한 거대한 주방 같은 것을 보았다. 땅에서 구이 요리사 20~30명이 나와 숲속 오솔길에 차려진 아주 긴 식탁 주변으로 가서 자리를 잡더니 조화로운 노랫소리에 따라 박자에 맞춰 일하기 시작했다. 그 광경을 보고 깜짝 놀란 공주가 그들에게 누구를 위해 일하는지 물었다. 그러자 그 무리에서 가장 눈에 띄는 자가 대답했다. 「내일 결혼식을 올리는 도가머리 리케님을 위해 일합니다, 부인.」

소스라치게 놀란 공주는 1년 전 같은 날 도가머리 리케 왕자에게 결혼을 약속했던 일이 갑자기 기억나는 바람에 뒤로 나자빠질 뻔했다. 그녀가 그 사실을 기억하지 못한 것은 그 약속을 했을 때는 멍청했기 때문이었고, 왕자에게 재치를 얻는 순간 자신이 그전에 했던 모든 바보짓을 까맣게 잊었기 때문이었다.

그녀가 산책을 계속하며 서른 걸음도 채 떼지 않았을 때, 곧 결혼하는 왕자처럼 멋지게 차려입은 도가머리 리케가 모습을 드러냈다.

「보시다시피 나는 약속을 정확하게 지킵니다, 공주님. 공주님도 약속을 지키기 위해, 나와 결혼함으로써 나를 세상에서 가장 행복한 남자로 만들어 주기 위해 이곳에 나오셨다는 것을 믿어 의심치 않습니다.」

공주가 대답했다. 「솔직히 털어놓자면, 난 아직 그 문제에 관해 결정을 못 내렸고, 결코 당신이 원하는 대로 결정을 내릴 수 없을 것 같아요.」

「무척 놀랍군요.」 도가머리 리케가 그녀에게 대답했다.

「그렇겠죠. 당신이 난폭하고 재치가 없는 남자라면 난 몹시 난감할 거예요. 당신은 이렇게 말하겠죠. 〈공주가 일구이언을 해서는 안 되죠. 결혼을 약속했으니 나와 결혼해야 합니다.〉 하지만 당신은 누구보다 재치가 많은 사교계 사람이니 말귀를 알아들을 거라고 확신해요. 내가 멍청한 여자에 지나지 않았을 때 당신과 결혼하기로 결심할 수 없었다는 건 당신도 아시지요. 그런데 나에게 재치를 주어 더 까다로운 여자로 만들어 놓고 어떻게 내가 멍청했을 때도 내리지 못했던 결단을 지금 내리길 원하세요? 당신이 정말 나와 결혼할 생각이라면 나에게서 우둔함을 없애고 사리를 더 명확하게 볼 수 있게 만든 당신이 크게 잘못한 거예요.」

도가머리 리케가 대답했다. 「방금 말씀하신 대로, 재치 없는 남자가 당신에게 약속을 어겼다고 비난하는 것이 당연하게 받아들여진다면, 왜 내가 내 인생의 모든 행복이 걸린 문제에 있어서 그와 같이 행동하지 않길 원하세요? 재치를 가진 사람들이 재치가 없는 사람들보다 더 못한 조건에 있는 게 합리적인가요? 이토록 재치가 많고, 재치를 가지기를 그토록 소원했던 당신이 그렇게 주장할 수 있나요? 괜찮으시다면 본론으로 들어가 봅시다. 나의 추한 외모를 제외하고 나에게 당신의 마음에 들지 않는 뭔가가 있나요? 나의 출생, 재치, 기질, 행동거지에 불만이 있으세요?」

「아니요, 전혀. 방금 말한 당신의 모든 점을 좋아해요.」 공주가 대답했다.

「그렇다면 나는 행복해질 겁니다. 왜냐하면 당신이 나를 세상에서 가장 사랑스러운 남자로 만들어 줄 수 있으니까요.」 도가머리 리케가 말했다.

「어떻게 그럴 수가 있죠?」 공주가 물었다.

「당신이 그리되기를 원하면 그리될 겁니다. 의심치 마시라고 말씀드리는데, 내가 태어나던 날 내 마음에 드는 사람에게 재치를 줄 수 있는 능력을 나에게 선물했던 요정이 당신에게는 당신이 사랑하게 될 남자, 당신이 그 호의를 베풀고 싶은 남자를 잘생기게 만들 수 있는 능력을 선물했답니다.」

「정말 그렇다면, 난 당신이 세상에서 가장 잘생기고 가장 사랑스러운 왕자가 되기를 진심으로 소원해요. 나는 나에게 있는 만큼의 아름다움을 당신에게 선물해요.」

공주가 이 말을 하자마자 그녀의 눈에는 도가머리 리케가 세상에서 가장 잘생기고, 가장 몸매가 좋고, 가장 사랑스러운 남자처럼 보였다. 어떤 사람들은 이 순간에 작용한 것이 요정의 마법이 아니라고, 오로지 사랑만이 그 변신을 가져왔다고 주장한다. 도가머리 리케의 인내심, 분별력, 그의 영혼과 정신이 가진 모든 장점들에 대해 깊이 생각해 본 공주는 더 이상 그의 기형적인 몸도, 그의 못생긴 얼굴도 보지 않았다고 말한다. 등에 솟은 둥근 혹도 이제 등을 둥글게 구부린 남자의 건강한 모습처럼 보였고, 끔찍할 정도로 심하게 절뚝이는 걸음걸이는 마치 깊은 생각에 잠긴 모습 같아 그녀를 매료시켰다고. 그들은 또한 사팔뜨기였던 그의 눈도 그녀에게는 더 밝게 반짝이는 것처럼 보였고, 그 비뚤어진 눈길도 그녀의 정신 속에서는 과할 정도로 격렬한 사랑의 표시로 여겨졌으며, 끝으로 그의 크고 붉은 코도 그녀에게는 용감하고 영웅적인 뭔가를 지니고 있는 것처럼 보였다고 말한다.

어쨌거나 공주는 그가 왕의 동의를 얻기만 한다면 그와 결혼하겠다고 당장 약속했다. 도가머리 리케를 재치가 많고 아주 지혜로운 왕자로 알고 있었던 왕은 자신의 딸이 그에게 마음을 두고 있다는 사실을 알아차리고는 기꺼이 그를 사위로 맞아들였다. 바로 이튿날, 도가머리 리케가 예정했던 대로, 그가 이미 오래전에 내렸던 명령에 따라 결혼식이 거행되었다.

교훈

이 글에서 우리가 읽는 것은
지어낸 동화라기보다는 진실 그 자체입니다.

사랑하는 이에게 있는 모든 것은 아름답고,
사랑하는 모든 이에게는 재치가 있답니다.

다른 교훈

자연이 한 대상에 아름다운 이목구비를 새기고
예술이 결코 도달할 수 없는 색조로 칠한다 해도,
하나의 가슴을 민감하게 만드는 데는
그 어떤 자연의 선물들도 사랑이 발견하게 하는
단 하나의 보이지 않는 매력보다 못하노니.

번역의 대본은 Amélie Nothomb, *Riquet à la Houppe*
(Paris: Albin Michel, 2016)이다.

2018년 9월

이상해

옮긴이 **이상해** 한국외국어대학교와 동 대학원 불어과를 졸업하고 프랑스 스트라스부르 대학, 릴 대학에서 박사 과정을 수료했다. 『측천무후』로 제2회 한국 출판 문화 대상 번역상을, 『베스트셀러의 역사』로 한국 출판 평론 학술상을 수상했다. 옮긴 책으로 아멜리 노통브의 『느빌 백작의 범죄』, 『샴페인 친구』, 『푸른 수염』, 『머큐리』, 에드몽 로스탕의 『시라노』, 미셸 우엘벡의 『어느 섬의 가능성』, 델핀 쿨랭의 『웰컴 삼바』, 파울로 코엘료의 『11분』, 『베로니카, 죽기로 결심하다』, 크리스토프 바타유의 『지옥 만세』, 조르주 심농의 『라 프로비당스호의 마부』, 『교차로의 밤』, 『선원의 약속』, 『창가의 그림자』, 『베르주라크의 광인』, 『제1호 수문』 등이 있다.

추남, 미녀

발행일 2018년 9월 20일 초판 1쇄
        2018년 11월 20일 초판 2쇄

지은이 아멜리 노통브
옮긴이 이상해
발행인 홍지웅 · 홍예빈
발행처 주식회사 열린책들

경기도 파주시 문발로 253 파주출판도시
전화 031-955-4000 팩스 031-955-4004
www.openbooks.co.kr

이 도서의 국립중앙도서관 출판예정도서목록(CIP)은 서지정보유통지원시스템 홈페이지(http://seoji.nl.go.kr)와 국가자료공동목록시스템(http://www.nl.go.kr/kolisnet)에서 이용하실 수 있습니다.(CIP제어번호:CIP2018023021)